クロノスの庭

Nakajima Taeko
中島妙子

編集工房ノア

『クロノスの庭』　目次

装幀　森本良成

鳳仙花《ポンソナ》

彼女に初めて会ったのは、娘の薫が通学していた公立中学校の四階の廊下でだった。

一年生の一学期も終わりの七月半ばのひどく乾いた日の午後六時過ぎのこと、廊下に並べられた数脚の生徒用椅子に娘と二人ぽつんと座って、射るように照りつけていた陽がようやく傾き、校庭に濃い長い影を落としているのをぼんやり眺めたりして、学期末の三者面談の最後の順番待ちをしている時だった。

急ぎ足に階段を上る音がして、派手なプリント模様のワンピースを着たびっくりするほど美しい人が息を弾ませながら近づいてきた。

その人は、軽く会釈して空いた椅子に腰を下ろすと、ピンク色のハンカチで額の汗を拭きながら、すこしザラついた細い甲高い声で浅川と名乗り、誠の母ですと付け加えた後、道路が混んでいて約束の面談時間に遅刻してしまったと言い訳した。

私が、梅野木ですと薫ともども自己紹介すると、梅野木薫さんのことは息子から聞いてよく知っていますと言う。

私にとっても浅川誠という名前は、入学早々から、娘を通して何かと話題に上っていて、すでに聞き知ったものだったが、今、こうして眼の前にいる彼女は、それまで私が何となく浅川誠の母としてイメージしていた類の女性とはずいぶん違う印象だった。

そのうち、私たちが面談を終えて廊下に出ると、野球部の練習から駆けつけてきたらしいユニホーム姿の浅川誠が母親と並んで座っている。

誠に会うのは初めてだったが、なるほど、薫は誠の印象をよく言い当てているなと思った。

帰り際、互いの母親たちが挨拶をしながらすれ違ったが、薫も誠も素知らぬ振りで顔も向けなかった。

母親の前ではよそゆきに振舞う中学一年生の思春期がガサゴソとぶきっちょに音をたてていた。

誠の母、浅川清子との出会いはこうして始まったのだが、以後の巡り合わせを思うとき、それは何か見えないものの手招きに吸い寄せられてのことだったのではないかとも思われてくる。

当時、夫は単身赴任中で、月に一、二度は自宅に戻っていたが、仕事が忙しいと、二か月ほども帰らないことがあったりして、手のかからなくなった薫と二人だけの生活は寡婦のようで、なんとはない閉塞感を覚えていた私は、また外へ出て仕事がしたくなり、結婚してからも、薫が生まれるまでずっと続けていた仕事を、今度はフリーランスで始めたばかりだった。

それは、裏付け教員と呼ばれるもので、所定の手続きを経て市の教育委員会に登録しておくと、正規の教員が病気や出産、育児などの休業に入った時に、短ければ二か月程、長くなるとまるまる一年間、代替として臨時に採用される教員のことである。断続的にではあるけれども、私はまた、N市の中学校で教えるようになっていた。

薫が二年生になり、二学期も半ばの頃だった。

私は薫の通う中学校に急遽赴任することになった。

病気で突然入院し、療養休業に入った男性教師の代替としてである。

薫のクラスでなかったのは幸いだったが、同じ二年生の浅川誠がいるクラスだった。

私は、このちょっとした偶然を不思議なものとして受け止めた。

今回は教科指導だけではなく、クラス担任もしなければならなかったので、かなりエネルギーと覚悟の要る勤務になりそうだったが、臨時とはいえ、久しぶりの学級経営は「ムカシトッタキネヅカ」を思い出させたりもして何がなし心が弾んだ。

渡されたクラスの資料によって、私は、浅川誠が母子家庭であり、母の清子が四十歳の高齢で出産した一人息子だということを知った。

誠くんのお母さんは五十歳を過ぎているんだ。私より十歳も年上なんだ。

一年前の夏、四階の廊下で一度会ったきりの浅川清子のすこし汗ばんだ美しい顔をあらためて思い起こした。

浅川清子とは、二学期と三学期の三者面談で、臨時とはいえクラス担任と生徒の保護者という立場で再び会うことになったが、彼女もすこし驚いたようだった。

誠は、どの教師からも非の打ち所がないといってもよい生徒だと評価されており、母親の清子も十分にそれを承知している様子だったので、私から言うことは何もなかった。事情に立ち入らずに誠をただ褒めておけばよかった。

すこしザラついた細い甲高い声で話す浅川清子の訛りのない美しい日本語を耳にしながら、私が思ったのは「あ、このひとは関西出身じゃないな」ということと、ブルーのアイシャドウを薄く引いた端正な顔を見ながら、「中学生の三者面談に来るときの保護者にはめずらしい濃い化粧だな」ということぐらいだった。

四十歳を過ぎての久しぶりの、それも臨時のクラス担任は掛け値なしにしんどい仕事だった。

中学二年生という生意気盛りの複雑な成長曲線が、機会を捉えては挑戦してくる。バシッと音を立ててくる直球も胸に痛いが、どこに落ちるかわからないひょろひょろ球や思いがけないカーブ球は目が離せないし、直球かと思い、すわと身構えていると、途中でくるっと回転してブーメランのように投げ手の許に戻っていくキテレツな球もある。

数えあげると限りがないほど、予期せぬいろんな変化球が、毎日のように私に向かって投げられる。

キャッチボールにはかなりの経験があるとはいえ、連戦連勝とはとてもいかない。

受け止めるだけで精一杯で、投げ返す気力が残っていない時もある。

若い彼らのエネルギーは、その一瞬の虚を衝いて青いほむらをめらめら上げる。

私はくたくたになってゆとりを失い、臍を噛む。

してやったりと、彼らは鬨《とき》の声を上げる。

そういう時である。浅川誠のリーダーシップが、実にタイムリーに見事に発揮されるのは……。

教師である私の立場にも、エネルギーをぶつけた生徒の立場にも偏することなく、浅川誠は、分かったような分からないような妙なロジックを展開して、クラスメイトを煙に巻き何となく得心させてしまう。結果、生徒と私の熱いキャッチボールは無事終息する。

「エエ格好しい」などと、罵られず、陰口を叩かれることもなく、「時の氏神」を買って出る浅川誠の、何より敵を作らないやり方は、人柄というのだろうか、何というのだろう。私にはよくわからなかった。

臨時のクラス担任としては、得難くありがたい存在ではあるけれども、中学二年生にしては、ひどく老成しているようにも思えて、あまりに少年らしくないその処し方のほうが、私にはむしろ気に懸かった。

家に帰るとぐったりして、ソファにしばらく身を投げ出さないと動けないような日々の連続であった、ほぼ七か月間の臨時教師も、三月末で任期が終了した。

私が代替を勤めた正規の教師は、四月以降も療養休業するので、続けて勤務してほしいと要請されたが、断った。

三年生になって受験期を迎える薫と同じ学校にはもう勤めたくなかったし、それに何より、しばらく休息してカサカサに渇いた自分を潤したかったからでもある。

人間って勝手なもの。喉元過ぎれば熱さ忘れる。

フリーになってまた家にいるようになり二週間もすると、ストレスで衰弱していた体調はみるみる回復し、気力も充溢してきた。一日を家事その他で漫然と過ごすことにも飽きてきた。

打ち込める趣味でもあればいいのだが、生憎、この年齢までそんなに興の乗ったものはない。

手遊びはいろいろやったが、それだけのこと。

特別、やってみたいものも、今のところ無い。

それなら……と、またぞろ思い始めていたある日のこと。

誠の母、浅川清子から突然、電話がかかってきた。

折り入って話したいことがあるので、一度会えないかと言う。

特段の予定があるわけでもなし、別に断る理由もないので会うことにしたが、外で会うのではなく、迷惑でなければ直接私の家を訪ねたいと言う。

まあ、それもよかろうと、承諾すると、明日早速伺いたいということで、四月も終わりに近づいた日の朝の十時に、浅川清子は訪ねてきた。


彼女の来訪の目的はまったく予想だにしないものだった。

彼女はいきなり言った。

「先生、わたし韓国人なんです」

「……」

「浅川というのは別れた主人の姓です。清子も本名ではありません」

あまりの唐突さに言葉が出ず、私は清子の顔を見つめるばかりだった。

「先生、私、誠のために帰化しようと決めました。それで先生にご相談しようと思いまして」

「浅川さん、その先生と呼ぶの、止めてもらえません？　私、もう先生でも何でもありませんから……」

彼女は首肯いたが、すぐまた「先生」を連発する。

「私、相談する相手がだれもいません。二年生の途中から梅野木先生に誠の担任になっていただいてほんとに嬉しかったです。先生になら何でも相談できるように思いました。それで、こうして不躾にもお伺いしてしまいました」

正規の教師をしていた時に、在日韓国、朝鮮の生徒たちを何人も教えたことがある。家庭訪問や進路指導などで、在日家庭の生活の一端を垣間見ることはあったが、それは、あくまで生徒と教師としての関係においてであり、それ以上でも以下でもなかった私は、正直なところ、今まで、在日韓国、朝鮮の人たちを知る機会をほとんど持たなかった。

「私、韓国、朝鮮のこと、あまり勉強してませんし、それに在日の方のことも全然わかりませんので、お役に立てるかどうか……」

私が言い淀むと、浅川清子は慌てて続けた。

「いいえ、どうしても先生に力になってほしいのです。ほんとに私、だれも相談する人がありません」

こうして私は、在日韓国人の帰化という思いも寄らない出来事に立ち合うことになったのである。

浅川清子は、在日韓国人二世で、本名を趙清妃《チョチョンビ》といい、一九三一年（昭和六）に山口県防府市で生まれた。

父は一九二〇年代の半ばに留学生として来日し、中央大学法学部に学んだ。卒業後は山口県で司法書士のような仕事を始め、社会人として順調なスタートを切った。

そのうち、紹介されて当時の韓国では非常に稀だった女学校卒の女性を妻に迎えた。長子の清子が生まれた頃、彼女の父が、本名を名乗っていたのか、あるいは通名としての日本名を名乗っていたのかは定かでないが、たぶん日本名を名乗っていたのではなかろうか。

日清・日露戦争の後、朝鮮の植民地化政策を進めていた日本は、一九一〇年の一方的な日韓条約によって韓国・朝鮮を完全に植民地として日本に併合しているが、その後、皇民化政策の一環として韓国・朝鮮人に強制的に日本式姓名への改名を強制したいわゆる創氏改名法が公布されたのは一九三九年、実施されたのが一九四〇年だから、一九二〇年から三〇年当時はどうだったのだろう。

清子の記憶では、物心ついた時から周りに韓国・朝鮮の同胞は一人もいなかった。

普段、清子の母は和服の割烹着姿であり、出掛ける時も滅多に洋服は着ず、たいてい和服だったそうだ。

家庭は裕福で、食事やその他の生活習慣も、近所の家々と変わらなかったというし、清子や後につぎつぎと生まれた弟妹たちも、まったく日本人のようにして育てられていたから、清子は、自分が韓国人であることを知らなかったという。

小学校二年生のある授業参観日のことだった。

教室の窓から外を見ていた清子は、一瞬、眼を疑いそれから動顚した。

見たこともない形に髪を結い上げ、真っ白いチマチョゴリをゆったりと着て、尖った白い朝鮮靴の先を「ソ」の字のように外向きにして、校庭を横切り教室に向かってやってくる祖母の姿を目にしたからである。

ひさしぶりに朝鮮から遊びにきていた祖母は、まだ乳飲み子の弟を抱えていた母親の代わりに、自慢の孫娘を見ようと思いっきり正装してやってきたのだった。

清子は教室から逃げ出そうとしたが、足が凍りついて動かない。そのうち授業が始まり、級長の清子は脱出の機会を逃してしまった。

彼女は、心に決めた。

「お祖母さんが教室に入ってきても気づかれないようにしよう。もし気づかれたとしても知らんぷりをしよう」

そして、一心に念じた。

「どうぞ、お祖母さんが私に声などかけませんように」

祖母は教室の後に立つと、目で清子を探しながら清子が自分に気づくのを待ったが、いつまで経っても気づく様子がない。

痺れを切らしながら待っていた祖母は、授業が終わると同時に清子に近寄り声をかけた。

顔も向けず、返事もせずに立ち上がると、清子は教科書もランドセルも置いたまま、教室から飛び出した。

泣きながら校庭を横切り、校門を出ると家に向かってひた走った。涙があとからあとから溢れでた。

家に帰り着くと、割烹着姿の母にすがりついて大声で泣いた。

それっきり、清子は学校へ行っていない。

どんなに説得されても、二度と学校へは行かなかった。

ずっと家に居て、幼い弟妹の世話をしたり、家事を手伝ったりしながら、つぎつぎに学年を上がっていく弟妹たちの教科書を見せてもらって独りで勉強した。

「戦争が終わると、父はすっかり変わってしまいました」と、清子は言った。

戦時中はいろんな世話役を引き受けたりして、近所付き合いがよく、働き者で家族思いだった清子の父が、第二次世界大戦の、日本の敗戦を境に一変してしまったという。

世情の荒廃と混乱の中で、虚けたようになって働かなくなり、一日中、家にいて酒を飲むようになった。

酔っ払うと、母を殴り、子供たち全員を並べて正座させては何時終わるとも知れない説教を延々と垂れた。

生活が逼迫するにつれて、父の酒量はいっそう増し、酒が入ると母を殴り、酒が切れると、酒を買ってこいと大声で怒鳴り、家中のものを投げ散らかして暴れる。挙句の果てには真昼間、二階の窓から家族全員の寝具を外へ放り棄てたりする。

子供たちはみな父を怖がるようになり、なるだけ顔を合わせないように、機嫌を損じないようにと、目配せし合って、びくびくしながら過ごすようになった。

清子は、アルコールが入ると狂う父が、恥ずかしくて厭でたまらず、一日でも早く家を出たいと思ったが、小学校も卒業していないうえに、ずっと家にいてあまり外へ出たことがなかったので、独りで世の中へ出て行くのはとても不安だった。

過度のアルコール中毒のために肝硬変を患っていた父が、痩せ細りボロボロにやつれて亡くなったのは清子が十七歳の秋だった。

やっと難儀な父から解放されてほっとしたものの、母や幼い弟妹たちのことを考えると、さてこれからどうして暮らしを立てていけばいいのだろうと、気持ちが沈んだ。

弟妹三人を含めた家族五人の生活が、母と清子の細い肩にのしかかった。

それまで、在日の同胞とはまったく行き来がなかった清子たちには、在日に知り合いもなく、助けてもらえそうな人は近くに誰もいなかった。

切羽つまり、思いあぐねた清子は、思い切って東京で洋装店を営んでいるという父の古い知人を頼って上京することにした。そこは、かなり大きな洋装店で、何人ものお針子さんたちが忙しく働いていた。清子は、そこで、住み込みのお針子の見習いとして働くようになった。

利発で目端が利き、手先が器用な清子は、みるみる腕を上げ、お針子だけではなくデザインの方も手伝うようになる。そのうち、店頭へもちょくちょく顔を出すようになると、生まれもっての美貌がすぐに人目を惹き、デザインのセンスの良さも手伝って、洋装店は以前にもまして繁盛するようになった。

店主に気に入られ、清子目当ての多くの顧客を抱えるようになると収入もかなりの額になり、防府に残してきた母や三人の弟妹たちに仕送りしても、自分のために自由に遣うことのできるものが手元に残った。

休日には外出して、買物をしたり、映画を観たりしているうちに、東京の空気にだんだん馴染んではきたものの、心のどこかは渇いたままだった。

他人に心を開けない清子は、自分が何を求めているのか十分に分かってはいたが、それを誰かに話したり、相談したりする勇気がなかった。

美人だとどれほど誉められようが、仕事ができると如何に評価されようが、清子は孤独だった。孤独な心にどうにもならない劣等感が強く居座っていた。

日本名を名乗ってはいるが、在日韓国人であること、小学校さえ卒業していないこと、それらが、どうしても超克できない事実として、清子を自縄し、自縛していた。

仕事一途で、浮いた話ひとつない清子を心配して、見合い話をもちかけてくる顧客もいたが、清子は言を左右にするばかりだった。


そうこうしているうちに、弟二人は東京の大学を卒業し、妹も女子大生になった。

やっと肩の荷が下りたとき、清子は三十歳になっていた。

山口から身ひとつで上京して十三年……。

もう、怖いものなどない。

清子は、社交ダンスを習い始めた。

体を動かし、踊るのは愉しかった。

三十路にはとても見えない清子の若々しい、際立った美貌は人目を惹き、デートの申し込みが後を絶たなかった。

なかでも、とりわけ熱心だったのが、浅川総一郎である。

中肉中背の筋肉質で、蟹股《がにまた》で歩く、どんぐり眼の総一郎を、最初、清子はあまり好きではなかったので、曖昧に言葉を濁して応じなかったのだが、清子の魅力にとりつかれたのか浅川総一郎は諦めず、やがて清子の勤める洋装店にまでやってくるようになった。

店にまで来られては迷惑なので、清子はとうとう根負けして何回かに一回は付き合うようになった。


付き合いはじめて一年程経った頃。総一郎は静岡の実家へ清子を連れて行き、両親に引き合わせるという。

もろもろを考えると気が進まなかったが、無下に断ることもできずに複雑な思いを抱えたまま清子は静岡へ行った。

総一郎から話には聞いていたが、浅川家は聞きしに勝る立派な旧家で、総一郎はそこの長男であり、いずれ静岡に戻って後を継ぐことになるということだった。

早稲田を出たボンボンらしいとは知っていたが、まさかこれほどの旧家の跡取り息子とは予想もしていなかった清子は、自分の立場との落差に心が萎えたが、総一郎の両親には非常に気に入られた。

やがて、総一郎は、東京で小さな一軒家を買い、そこに清子も同居して夫婦同然になった。

自分が在日韓国人であること、義務教育も終了していないこと、おまけに、年齢を六歳も若くサバを読んで二十七歳と偽っていることなど、一切を用心深く隠していたので、総一郎はそのどれにもまったく気づかなかったと、清子は私に言った。


浅川総一郎と暮らすようになってから、清子はペン習字を習い始めた。

耳学問が豊富だった清子は、日常的な会話では大学出の総一郎にそれほど引けを取ることもなかったが、文字を読んだり書いたりするのは苦手だった。

それまでろくに文字を書く練習をしたことがなかったので、清子の書く文字は稚拙だった。漢字はかなり読めるものの、仕事の上で必要だったり、常時使うもの以外はほとんど書けなかった。

清子は、購読している婦人雑誌の他はできるだけルビつきの本を探して買い、読み書きに慣れるようにした。

少し慣れたところで、今度は車の運転に挑戦し、実技はもちろんのこと学科試験も一回でパスして首尾よく運転免許証を手にした。


この時期の二人の関係について、清子は詳しくは触れなかったが、まあどこにでもある内縁関係の夫婦のようだったのだろうと推察された。

結婚して（と清子は言った）七年目に生まれたのが、誠だった。

妊娠したとわかったときも、出産した時も、総一郎は喜んでいたし、家事を手伝ってくれたりもして優しかったので、清子は内心ほっとして、これからも親子三人水入らずの生活が続くものと思っていた。

それが、そうはいかないかもしれないと思い知るときがやってきた。

三十四歳ということになっているが、ほんとうは四十歳の高齢出産なので、すこし用心してまだ産院にいる間に、清子は総一郎に、子の出生届を出してくれるようにと頼んだ。

ほいほいと、二つ返事で引き受けた総一郎は、その日のうちに、出してきたよと、いつもの調子で清子に告げた。

あまりにあっけらかんとした総一郎の様子に、いろいろ隠し事をしている清子のほうが、かえって不安になった。

退院してしばらくしてから、清子は誠の戸籍を確かめに市役所へ行ってみて、はじめてすべてが、清子の眼前で明らかになった。

誠は、在日韓国人、趙清妃《チョチョンビ》四十歳の子として届けられており、父親欄は空白だった。つまり、誠は清子の私生児であり、総一郎は、誠を自分の子として認知していなかった。

清子が隠したつもりでいたものすべてを、総一郎は、素知らぬ顔して、疾《と》うの昔に知っていたということになる。

一緒に暮らしていれば当然のことであろう。

清子の話を聞きながら、籍は入れていなくても、何年も一つ屋根の下に住んでいて、おまけに子供までもうけたとなると、現実の問題として、住民票や運転免許証、母子手帳等々氏名や生年月日、国籍など、事実を記入しなければならないものがかなりある。

その辺はいったいどうなっていたのだろう。

清子は、どうしてそれらを総一郎の目から隠しおおせたと思っていたのだろうと、ちょっと解せないものを感じていた私は、清子の話の中の腑に落ちない部分や辻褄の合わない部分にどこか苛立っていた。

わざと省略した部分があるのか、それとも、脚色して付け加えた部分があるのか、それはわからなかったが、ともかく、清子にとって話したくないものは話したくなかったのだろうと納得するしかなかった。


総一郎は誠を認知はしなかったが、いい父親であったらしく、誠が小学校に入学するまで、三人は一緒に暮らした。

何があったのかは知らない。

清子が何も言わないので、推測するしかないが、ともかく誠が小学校に入学する直前に、総一郎と別れた清子は、東京を離れて、すぐ下の弟がいる関西にやってきた。

阪神間のN市に手頃な中古の一軒家を見つけて購入した。

一階は、六畳の和室と四畳半ほどの台所、それにトイレと浴室があり、二階は、六畳と四畳半の和室で、玄関前に申し訳程度というのもおこがましいくらいの庭のようなものがある小さな家であったが、誠と二人で住むには十分な広さだった。

清子は、総一郎の姓である浅川をそのまま名乗り、誠も浅川誠として地元の小学校に入学した。

清子は働かねばならなかった。

知り合いもない、初めての都市で、清子のような条件の女性が、仕事を見つけるのは大変だったが、新聞のチラシで見て応募した小さな町工場になんとか採用され、勤めはじめた。

五十歳ちかくになっての、まったく未経験の力仕事であったが、贅沢を言ってはおられない。

女手ひとつで誠を育てていかなければならないというやむにやまれぬ事情が背中を押しつづけ、清子は、慣れない力仕事に音を上げもせず、休みもせず、働き続けたので、そのうち並み居る男たちにも引けを取らない仕事ぶりとなった。

社長の覚えも一段とめでたくなって、そのうち、女の従業員の中では一番の稼ぎ頭となった。

とはいうものの、所詮は単純労働の力仕事。

爪が割れ、指が節くれ立ち、機械油にまみれた手で、残業や休日出勤までして頑張っても、誠と二人で生きていくのがやっとの給料だった。

どうして、かつてのお針子の腕やデザインの技術を活かさなかったのだろうかとも思ったが、それはそれで、清子の事情というものがあったのだろう。

東京にいる浅川総一郎からは、ときどき誠宛にプレゼントが届いたが、誠に電話口で礼を言わせるだけで、清子は、電話にも出ず、はがき一枚出さなかったという。

車で十五分ほどのその工場に勤めて、毎月決まった給料を受け取るようになると、それなりに生活設計もできて、まあ、このまま無事に勤められれば親子ふたりなんとか生きていけると、清子もほっとしていたのだが、ちょうど勤続九年目の年、誠が三年生になると同時に、工場が県北のK市に移転する予定だと知らされた。

移転が完了するまでには一年ほどかかるらしいので、しばらくは、新、旧、二つの工場を仕事に合わせて行き来するという。移転完了までは、会社が随時通勤バスを出すが、以後は、原則として移転先の社宅に入る。N市から通勤することもできるが、交通の便が悪いので通うとなると車になるが、片道五十分以上はかかるらしい。

ということで、清子は、重い選択を迫られることになった。移転先の社宅に入るというのが、勤め続けるためには最良だが、その間、N市の自宅をどうするか。受験を控えた誠の学校をどうするか。

頭の痛い二つの問題を抱えたが、命綱に等しいその会社を辞めるという選択肢はないと思っている清子としては、行ってしまうか、通うか、どっちかだった。

ともかく、そのときが来たらそのときのこと、できるだけ今の工場に残って仕事ができるように社長に頼んでみよう、というのがさしあたっての結論だった。

「今のところ、月に、二日ほど、新しい工場に行っていますが、帰りがとてもしんどいです。これが毎日となると、正直自信がありません」と、清子は言った。

そりゃそうだろう。私なら、一日で音を上げる。

彼女の話を聞きながら、私などが到底真似のできそうもないこの彼女の心性の強靭さは、どこからきて、どのように培われてきたのだろうと、ただ、驚嘆するばかりだった。

こんな状態にある浅川清子が、急に思いついたように帰化を考えるわけがない。

長い時間をかけての自問自答の末に出した結論だろう。

しかし、なぜその相談相手がよく知りもしない私なの？

浅川清子の目に私はどう映っているのだろう。

ほんとうに彼女は、事実を話しているのだろうか。

私の脳裏を疑心暗鬼が奔《はし》った。

本人からちょっと話を聞いたとはいえ、実際、どういう人なのか、ほとんど知らない、しかも在日韓国人である浅川清子いや趙清妃《チョチョンビ》の、帰化などという人生の重大事を、手助けするということの意味の重さを考えると、軽はずみな私といえども即答することはできなかった。

「二、三日、考えさせて……。あまりにも重大な問題だもの」

そう言いながら、私は、自分の性格が招いたさまざまな失敗を、苦々しく思い起こしていた。

今なら、インターネットで検索すれば必要な情報をすぐ入手できるが、十数年も前のことである。

そんな便利な手段はまだない。

私は、帰化申請の手続きについて訊ねようとN市の法務局に電話した。

電話口に出た係官は中年男の濁声《だみごえ》で横柄な口調で言った。

「あんた本人がするの」

「いいえ」

「親戚か身内の誰か」

「いいえ」

「じゃあ、誰がしたいの」

「私の知り合いがです」

「あんたの国籍は？」

「日本ですが」

「身内に誰か外国人がいるの」

「いいえ」

「じゃあ、純粋な日本人じゃないか」

「ええ、そうです」

「それなら、帰化については答えられないね」

「でも、知り合いは外国人なんですが……」

「それじゃ、本人が直接問い合わせたらいいんだ」

私は、プツンと切れそうだった。

なぜ、純粋日本人には、帰化について教えられないのだろう！

帰化申請について純粋日本人には訊く権利はないのか？

法務局、いや法務省は、帰化申請については純粋日本人に答える義務はないのか？

頭にきた私は、声の主の中年男の、思いっきり人相の悪い顔を想像しながら、隣市の法務局に電話した。

若々しい声が電話口に響いた。

「帰化のことで尋ねたいのですが……、どこに行けばいいですか」

「ああ、それなら、戸籍課の国籍係に来てください」

「相談は本人か身内でないといけませんか」

「それが一番いいですけれど、当人の事情をよく知った方でしたら代理人でも結構です」

「ああ、そうですか。そしたら、一度ご相談に伺います」

ありがとうございましたと、私が電話を切ろうとすると、その若い男の係官は、急いで付け加えた。

「来られる時には前以って電話予約してください。受付時間は、午前九時と十時半、午後一時と二時半の四回です」

何という親切さだろう。私は途端に元気が出てきた。

N市の法務局のあの濁声《だみごえ》とは月とスッポンである。

法律、法規、条令、ｅｔｃ……、すべて運用するのは官公庁の生きた人間であるということを、このとき思い知った。

そして、私はふと想像した。

若しかして、N法務局のあの嫌味な濁声《だみごえ》の中年男は、自分の人生の何事かに腹を立てていたのかもしれないな。だから、自分に許されたささやかな権力を杓子定規に厳正に、いくぶんサディスティックに行使することによってその鬱憤をちょびっと晴らしていたのかも……。

それにしても、こんな係官に担当になられたら、成るものも成らないような気がして、世間でいう貧乏くじを引くとはこういう人間に当たってしまうことをいうのだろうと、鼻白んだ。

浅川清子の帰化申請は、N法務局でしなければならない。どうか、あのようなタイプの担当者にだけは当たりませんようにと私は密かに祈った。


半日仕事を休んだ清子と一緒にN法務局の戸籍課に行った。

応対したのは中年の男性だったが、あの電話の主とは違う印象だった。

傍で話を聞きながら、先ず驚いたのは、帰化をしようとする人間が、本国や日本の役所から取り寄せなければならない証明書類の多さであり、当人自身が作成しなければならないこれまた多くの書類の、記入の複雑さと細かさだった。

外国人が、日本国籍の取得を目指しての帰化を希望しながら、途中で諦めてしまうケースが、特に在日韓国・朝鮮の人たちに多いと聞いていたが、もっとも、在日の人口も圧倒的だが、この書類の複雑さ、細かさを目の当たりにして、なるほどこれでは、清子程度の日本語の文章力では独力で申請書を書くのは難しかろうと、納得した。

　帰化申請を代行してくれるところもあるが、結構、高い代金を請求されるらしいから、清子が二の足を踏み、私に助けを求めたのは十分に理解された。

　乗りかかった船、ここまで来たのだから、清子と誠の日本国籍が取得できるまで手伝おうと、心に決めた。


　書類を二部ずつコピーして一部を清子に渡し、正規のものは大切に保管しておくように注意して、私は一部を持ち帰った。

　韓国から原戸籍の謄本を取り寄せたり、山口県防府市や東京都からもそれぞれの証明書を取り寄せたりするのに一か月ほどもかかった。

　必要な証明書はだいたい揃いましたと清子が連絡してきたのは、六月に入ってまもなくだった。

　私は打ち合わせをするために、迎えにきた清子の車で、初めて清子の自宅を訪れた。

貸し駐車場の近く、名ばかりの門扉と庭の内に、予想していたよりもずっとすっきりした外観の家があった。

玄関を入った右手の、カーペットを敷き詰めた部屋に案内された。小さな座卓と、私の家のよりも立派な竪型ピアノが置かれている。

誠は幼稚園のときからピアノを習っているということだった。野球の練習で忙しい今も、弾くことはあるのだろうか。

二階へ案内された。

手前が誠の部屋で、奥が清子の部屋だった。

ベッドや洋服ダンス、整理ダンスやドレッサーが所狭しと置かれていたが、私の眼を惹いたのは、それらのほとんどは黒塗りで、いくつかには美しい螺鈿《らでん》細工が施されていたことだった。

清子のかつての生活の一端を垣間見た気がした。

韓国から送られてきた謄本は、ところどころが漢字のほかはすべてハングルだったので、私には地名と氏名の見当がつくくらいで、あとはチンプンカンプンだった。

清子も聞き取ることは少しできるそうだが、読むことはできなかった。

ハングルが読める知人などいなかったので、N市のシルバー人材センターに依頼して翻訳してもらった。

証明書以外の、自分で作成しなければならない書類一切を私に下書きしてほしいと清子が頼んだので、私は、清子の生活のすべてを知ることになった。

帰化許可申請書や動機書、宣誓書、自宅、勤務先付近の略図などはともかく、親族の概要、生計の概要、給与証明書、納税証明書、資産の概要など、プライバシーの核心に触れることごとをすべて知ることになった。

清子が意外に多額の預貯金をしていたこと、重厚長大企業の株式をかなり保有していたこと、などなど、私のまったく予期しなかった清子の素顔がいろいろ見えてきた。

それは、私を驚かせはしたが、また一方で何かほっとするものもあった。

清子は、自分の出自を、李朝朝鮮の旧支配階級である両班《ヤンバン》の末裔であると言った。

事実かどうか確かめる術は私にはないし、また、そんな気持ちもないが、清子と接していると、教養とはまた別の、そこはかとない品のよさを感じるのは、ひょっとしたら、何代にもわたってそういう歴史を生きてきた人たちが、生得のようにして身に付けているものが、たとえ落魄しようとも、失われずに残り香を放っている、ということなのかもしれない。


「梅野木先生、帰化したら私、新しい苗字にしようと思っていますの」

「いいじゃない、この際だから」

「それでね、私、先生の苗字から一字戴きたいの」

「それは光栄ね、どうぞどうぞ。それでどの文字を？」

「梅野木の野の字です。それに私の好きな香るという字を組み合わせて香野という苗字にしたいんです」

「香野さんね。香野清子さんと香野誠くん、いい名前ね」

ということで、帰化後の氏名も決まり、帰化申請に必要な書類がすべて整ったのは、七月の半ばだった。

そして、私の手助けもここまでだった。

申請書類を提出した後は、もう法務局で私が同席することは許されないので、清子が独りで担当官に相談したり面接を受けたりしなければならなかった。

二回ほど、担当官との面接があったらしいが、無事に帰化申請書類は受理された。

「担当の方が、とっても親切ないい方で……。私、ラッキーでしたわ」

彼女はうれしそうに言った。


夏は真っ盛りだった。

清子の家の小さな庭に紅い鳳仙花が咲き乱れていた。

「あら、鳳仙花が咲いている。懐かしい」

私は思わず声に出した。

子供の頃は、どこの家の庭にも咲いているありふれた夏の花だったが、この頃はほとんど見かけない。

清子が言った。

「夏になるとね、防府の家の庭にいっぱい咲いてたの。それを思い出すから今でも種を蒔いておくの」

「そうよね。私も思い出すわ。裏の庭の塀沿いにね、ハッカが植えてあったの。その横にね、紅い花や白い花の鳳仙花がいっぱい咲いていた」

遠い遠い、何十年も前のことである。

今では弟が後を継いでいる実家に帰っても、改良種である鉢植えのインパティエンスはあるが、裏庭のどこを探しても、地植えの鳳仙花など影もかたちもない。

清子が言った。

「妹たちとね、鳳仙花の紅い花を摘んでね、それを絞ったお汁で爪を紅く染めて遊んだものよ」

夏の日盛り、幼い妹と、鳳仙花の赤い花で爪を染めて遊んでいる美しい少女の清子が、一瞬、瞼の裏をよぎった。

「あら、浅川さんも。私もね、妹や近所の女の子たちとね、鳳仙花の紅い花で爪を染めたり、ハンカチを染めたりして遊んだことがあるわ」

「ねえ、浅川さん、鳳仙花ってハングルで何て言うのかしらね」

「ええっとね、確か……ポンソナと言うんじゃなかったかしら」

「ふーん、ポンソナ……ね。鳳がポンで、仙がソで、花がナなのかしら？」

ハングルをまったく知らない私はいい加減なことを口走った。

「一字一字で読むのと言葉として纏めて読むのとでは発音が違うんです」

「あらそう」考えてみると当たり前。日本語にだって音便化したものはざらにある。

「それじゃねえ、一字ずつ読むとどんな発音になるのかしらねえ」

私はメモ帳を取り出すと鳳、仙、花、と書いて清子に見せた。

清子は指で一字ずつ押さえながら言った。

「自信はないですけれど、確か……ポン、スン、ファ、じゃなかったかしら」

「ポン、スン、ファ。ポンスンファ。ポンソナ……」

繰り返し呟いているうちに、私は清子に胸の底がじーんとするような親近感を覚えた。

そうだった、清子や私たちの子供の頃は、そこに見える自然の風物にじかに手を触れて、そこからいろんな遊びを見つけ出すのが当たり前だったのだ。

そういえば、鳳仙花は、別名を爪紅（つまべに）とか（つまくれない）とかいうと、聞いたことがある。

子供の遊びだけではなく、年頃の女たちも鳳仙花の紅花で爪を紅く染めてきたのだろうか。

ポンソナ（鳳仙花）が散り、種を結び、やがて枯れて、菊が咲き、それも枯れ果てて北風が吹く頃になったが法務局からは何の連絡もなかった。

書類が受け付けられると、当該法務局が審査し、次に法務省審査を経て、法務大臣が許可、不許可を決済する。許可なら、官報に告示され、同時に法務局から本人に通知される。不許可でも本人には通知される。

許可、不許可がわかるのは、早くて七、八か月後、中には数年もかかるものもあるそうだから、数か月で通知などあるはずがないとわかってはいるが、待つ身は辛い。

今日来るか、今日来るかと、清子の首も私の首も待ち遠しさに伸び切っていた。

帰化申請書が受理されてから六か月が過ぎた翌年二月、待ちに待った通知がN法務局から届いた。

許可だった。清子は、日本人、香野清子となった。

誠は、香野誠として、高校受験の内申書作成に間に合った。

四月、誠はN市で最も進学率が高いという噂の公立高校に入学した。

清子は、九年間働いた町工場を辞め、自宅から車で五、六分ほどの夕食材料の宅配をする会社の配達員になった。

清子にとって気懸りだったことが、一挙に解決し、先行きの展望も明るさを増した。爛漫の春だった。


ときどき、清子は、宅配の途中でちょこっと私の家に立ち寄り、自家製のコチュジャンやキムチを届けてくれた。

日本人になった清子を通して、私は、韓国をすこしずつ知るようになった。食の文化や伝統行事について、触れれば触れるほど、長い歴史の中で醸成されてきたものの豊饒さに目を瞠り、そのひろがりと深さにおどろく。清子によってはじめて、私は、韓国への蒙を啓かれたのだった。

私は、韓国が好きになった。

韓国人の親戚がいるような気分にもなる。

しかし、清子はもう、韓国人趙清妃《チョチョンビ》ではない。

浅川清子でさえもない。

れっきとした日本人、香野清子である。

それなのに、私には、清子は、韓国人の時よりもずっと韓国人らしく生きているように見える。

どうしてなのだろう。

清子に教えてもらったキムチ作りも、かなり本格的になった。四季おりおり、季節の野菜や果物を使って、私だけの浅漬キムチのヴァリエーションを考えるのもたのしい。

一年中、食卓に手作りキムチの皿が並ばぬ日はないくらいだ。

「キムチを食べないと風邪を引くのよ」私が言うと、

「先生のほうが韓国人みたいだわ」と、清子が笑う。

「いい加減にもう先生と呼ぶのやめて。私は、梅野木。あなたは、香野さん」

そう言いながら、私は、心の中で呟く。

趙清妃《チョチョンビ》さん、まだしばらく、趙清妃《チョチョンビ》さんでいてくださいね。まだまだあなたから学びたいことがあるんだから……。

毎年朝顔を植える裏庭のフェンス沿いに清子からもらった紅い鳳仙花の種を蒔いた。

今年の夏はずっと遠い幼い記憶のなかの鳳仙花が、いやはじめてのポンソナが私の庭に紅くいっぱいに咲き乱れるだろう……。

変身

1

夜更け、ひさしぶりに夢をみた。ちかごろは夢をみることなんぞ滅多にないし、みたように思っても目が覚めるとなんにも思い出せない。それなのに、昨夜の深更にみた夢は今でもびっくりするほど鮮明である。いやほんとに気持ちの悪い夢だった。そういえば昨夜は、なんだか疲れてテレビも視ず本も読まずにベッドに入るといつの間にか眠ってしまっていた。

あれは何時ごろだったのだろう。時計なんか見なかったから正確なことはわからないけれども、午前二時は過ぎていたと思う。急に頭の左側がぎゅうっと縮まるような感じがして目が覚めた。枕元の灯は点けずにしばらくぼんやりと真っ暗な天井を眺めていると、突然、左の耳の後ろの辺りでバナナの皮がずるりと剥けた。

〈そんなバカな……〉

ぎょっとしながら土岐田マルコは左耳の後ろに手をやった。なんにも変わったことはない。当たり前。夜の夜中にだれが寝室でバナナの皮など剥く？　でも……、確かにマルコの左耳の後ろでバナナの皮がずるりと剥けて白い中身がつるんと現れた。目にはっきりと残っている。

マルコは枕元の灯を点けた。変わったことはなんにもない。それでもベッドを降りて三面鏡のそばに寄り、壁のスイッチを押した。部屋がいっきに明るくなり時計を見ると午前三時。

三面鏡に映った寝ぼけ眼《まなこ》のマルコの顔は右のこめかみの辺りに枕の皺痕がうっすらと残り、髪の毛は寝乱れてメドゥサのごとくに逆立っている。

普段もあまり身なりは構わないほうではあるが真夜中に寝ぼけて映る鏡のなかの蓬髪はいただけない。マルコは鏡に顔を寄せると手櫛で前髪をちょっちょっと直し、ついでに瞼をかるくこすった。それから部屋の灯を消してスタンドライトだけにすると出窓のカーテンを開けた。

月も星もない闇のところどころに街路灯がぼんやりかすんでいる。こんな時刻に起き出して、窓から外など覗いているわたしはだれ?。

マルコの心臓がドキンとした。わけのわからない不安が静まり返った闇の底からじわっと涌きあがってきた。


近くの小学校からスピーカーを通して児童たちに話しかける中年教師の畳みかけるような説教口調が声高に響いている。朝の集会らしい。寝室の遮光カーテンはすでに開けられてレースのカーテン越しに陽が輝いている。

朝、カーテンを開けるのはいつも早寝早起きのショウイチロウである。だれもが認める宵っ張りで朝寝坊のマルコは朝早いのが何より苦手。この家に越してきてからもう二十年以上になるというのに、自分で朝のカーテンを開けた記憶があるかないか。

〈もうこんな時刻《じかん》になっている。えらい寝過ごした。夜中に変なことが起きて目が覚めてしもたもんだから。あれからまた一眠りしたんだろう〉

マルコは、もうすっかり目覚めた頭で昨夜からの記憶をたぐってみた。一つ一つが鮮やかに眼前してその感覚までが皮膚によみがえった。

〈ほんま朝寝坊してしもた……〉

マルコは起き上がりクローゼットからその日に着る普段着を選び一纏めにしてベッドの上に持ってきた。

パジャマの上着を脱ぐために襟刳《ぐ》りを頭の上まで引き上げると両方の袖口を指でつまんで引っぱった。いつもならそれでするりと両袖が腕から脱げるはずなのに。どうしたのだろう。今朝は袖が何かに引っかかったように脱げない。

〈なんか変。どうしたんだろう〉
二、三度引っぱったが脱げない。こんな中途半端な格好ではどうにもならん。マルコは、そのまま両の手で頭に被さっているパジャマの襟刳りを思いっきり上に引っぱった。グチッと妙な音がしてパジャマは頭からすっぽりと脱げ、一緒に両袖も腕から抜けた。
〈変な音がしたけど、痛くもなんともないな〉

マルコは裸になった上半身をチラッと見た。

〈あれっ、なんじゃこれは〉

だらりと垂れたマルコの両脇の下に長さ二十センチほどの見たこともない皺皺のかたまりがはみ出している。なんとも気味が悪い。

マルコは三面鏡に近寄ると両腕を肩の上まで挙げた。

両脇の下の皺皺したかたまりが腕のつけ根を要《かなめ》にして畳んだ骨を開くようにぱらりと扇形に広がった。

まるで人間の皮膚の色をした鳥類の翼の骨格のよう……。

〈ええっ！　なに、これ？〉

とんでもない理不尽なことがマルコに起こっている……。

胃の辺りからぐっと内臓を圧す吐き気がこみ上げてきたがマルコはなぜかそれほど動顚してはいなかった。ただしらっとした気分が広がり、もしかしてこんなこともあるのではと心のどこかで予期していたような気もしたのである。

あのことがあってからというもの……。

窓から射しこむ明るい陽のなかでパジャマのズボンを脱ぐとマルコは下着一枚だけになった下半身を鏡にさらした。

両太腿のつけ根に十センチほどの皺皺のかたまりがはみ出している。やっぱり……。

脚を開くと皺皺のかたまりは扇形にぞろりと広がった。

昨夜のことは、どこまでが夢で、どこまでが現《うつつ》だったのか。

そんなことはもうどうでもよいことだった。今、マルコに起こっているこのことこそが何よりの現実である。

土岐田マルコは鏡に映っている自分をみつめた。

一夜で、腕と太腿のつけ根に皺皺と折りたたんだ扇形のぴらぴらが付いた。

鳥のような、いや、鳥とはいえない。

変化したその部分さえ除けば、マルコは昨日のマルコとなんにも変わっていないんだから。

でも……。

マルコは脇の下に手をやり皺皺したかたまりに触れてみた。固い骨のようなごつごつした連なりが指先に伝わってくる。

夢なんかじゃない。

現実に明確に、マルコに起こった理由《わけ》がわからない見たこともない肉体の変化だった。

〈ひょっとしてわたしは……〉

マルコは全身に寒気を覚え頭のなかをおぞましい想念が濁った渦になって猛った。それはいつまでも凪ぎやまず、渦にもみくちゃになりながら、マルコは、心のどこかでこのまま溺れてしまってもまあいいか、などと思ってもいた。

腕と腿のつけ根に扇型のぴらぴらが付いてしまったマルコの視界のずっと向こうに、毒虫になったグレゴール・ザムザや才気に狂って人食い虎になった詩人の李徴がぶくぶくしながら浮かんでは消えた。

〈今日からはもう袖の短い服やぴったりしたズボン、タイトなスカートなどは着られない〉

他人には絶対に知られたくない不気味に変化した身体を隠すために、中身が見えないだぶだぶの道化師のような眼くらましの服を着て、昨日までの顔と手足の先っぽだけをちょびっと人前に曝して……。

マルコはゆったりした長袖のブラウスに丈の長いジーンズのスカートを着けるとそろそろと階段を降りた。

脇の下はそう気にならなかったが太腿のつけ根の異物が歩くたびにぼたぼたして昨日までのようにスムーズに歩けない。自分で気づかないうちにガニマタにでもなっていやしないかと心配だったが、ショウイチロウもリルケもマルコの変化に気づかない。

いつものように一日が始まり昼が過ぎたが、たいてい家で気ままに過ごすマルコには身体の変化はたいした障りにならなかった。

ただ、夜がきて入浴したり、着替えたりするときは、余計な神経をつかわねばならない。これまでだってだれかに見られるわけでもなかったし。余程のことで突然ショウイチロウがマルコの部屋に顔を見せでもしないかぎり裸の姿など目撃されることはなかった。人間ってほんとおかしなもの。自分にはっきりと他人と違う部分があり、それが「負」であると覚っているようなとき、それを見せまいとびっくりするほど慎重になる。もともと宵っ張りのマルコだったが、それからというものショウイチロウが寝入ってしまわないうちは絶対に入浴も就寝もしなくなったし、リルケが帰っている時なんかどれだけ気を遣ったか……。些事に拘らない気楽なマルコも、この肉体の変化だけはどうしても知られたくなかった。

2

〈やっぱり……。あれがシグナルだったのかも……〉

あのことが起こったのは今年の三月の終わり。

健康には自信があるとゆえのない思い込みをしているマルコは、これまで虫歯の治療のほかに医者にかかったことはほとんどない。

風邪を引いても薬は飲まず安静にしているだけ。そのうちに治る。ちょっとした怪我などは絆創膏を貼っておくだけ。知らぬ間に治っている。

だけどインフルエンザだけは別。疑わしいと思ったらすぐ医者に行ってタミフルをもらう。もっとも、ここんところは毎年予防接種をきちんと受けている。鳥インフルエンザから変化した新型インフルエンザの人への感染の危険性が喧伝されてもいるし。

インフルエンザだけは以前に感染してひどい目にあっているのでとても怖い。だからワクチンは毎年接種する。その年に流行するかもしれない型のワクチンをあらかじめ接種するので別の型が流行ればパアだけど、同型だとかなりの程度感染を防げるらしい。だから毎年、同じ型でありますようにと念じながら接種してもらう。

そんなマルコが三月の終わりのある日、昼食をおいしく食べ終わってリビングのコタツに移動し、甘い物は別腹とばかりに頂き物の和菓子に手を伸ばしたとたん、身をよじる激しい腹痛に襲われた。

理由《わけ》あって、マルコは一定の条件が揃うと激しい腹痛が起きるある後遺症を抱えているのだが、その時はその条件にあてはまるものは何もなかった。

激しい痛みのために一人では歩けないマルコはショウイチロウに支えられて二階の自室に上がり、ベッドに横になった。

脂汗を流しながら身をよじる痛みに堪えているうちに二時間程が過ぎてようやく痛みがすこし緩んできた。

〈やっぱりいつものあの後遺症の所為だったんだろうか〉

などと一応は得心した。

そろそろ陽が落ちかけた窓の外にはめずらしく子どもたちの声が響いている。

近ごろは学校の行き帰り以外には滅多に子どもたちの姿を見かけることもないのだが……、春休みに入ったことだし、日足も長くなって暖かな一日だったからかも……。

庭をへだてた道路の向こうの子どもたちの声を、自分の時間には何の接点もない別世界の出来事のように遠くに聞きながら、すこしラクになったマルコはベッドから起き上がりお茶を飲むために階下に降りようとした。

が、どうしたというのだろう。足に力が入らない。

ベッドに右手を置いて身体を支えながらそろそろと入口のほうへ行き右手をベッドから離して左手でクローゼットの扉に触れようとしたとたん、ぐらりと身体が揺れて床に崩れ落ちた。

起き上がろうとしたが手に力が入らない。左頬が床にくっついたままで身動きができない。せめて入口のドアの所までにじり寄り、ドアを開けることができたら大声で階下にいるショウイチロウを呼ぶことができる……。

マルコはなんとかして床にくっついたままの顔を上げようとした。ピクリとも動かない。

床に顔がくっついたままでもいい。なんとか身体を動かそうとしたが全身の力が抜けてしまっている。痺れているわけではない。知覚はちゃんとあるのに身体のどこかをテコにして床をいざろうとしてみるがどうにもならない。

入口のドアさえ開けることができたなら……と、もがきにもがいたがダメ。

動きもならず、叫びもできず、ドアが閉まったままの自室で、マルコはノビたカエルのようになって床に叩きつけられていた。

どのくらい経ったのかわからない。

お茶を持って上がってきたショウイチロウが、薄暗くなった部屋の隅にうつ伏せになったまま動けないでいるマルコに気づいた。

ちょっとした騒動の末、マルコはベッドで熱いお茶を飲み、果物の数切れを食べた。もうどこも痛くはない。やがて激しい睡魔が襲ってきた。マルコは眠った。

三十九度を越す高熱が二日続いた。マルコの年齢では考えられない高熱である。身体をじっと横たえているとそれほど苦痛ではないが、さすがに何も食べたくはない。咽喉だけが猛烈に渇いて水分はいくらでも欲しい。

二人暮らしの相棒がダウンして心配なのと何かと不便も感じているショウイチロウは早く医者に診てもらおうとせっつくが、あいにくの土日である。それに病院嫌いのマルコは救急病院になんぞ絶対に行きたくない。自分の身体の調子は自分がいちばんわかっている。

〈今の状態を医者に診せてどうなるというの？〉
〈何を訴えるというの？〉
〈解熱剤でももらうというの？〉
〈イヤだよ！　どうしてもというのなら明日の月曜日に診てもらえばいいじゃない。今はすごい高熱だけどわたしは死にやしませんよ！〉

マルコには妙に確信めいたものがあった。それが何に起因するのかはわからなかったが。このままじっと安静にしてさえいれば大丈夫、と心のどこかでささやく声をマルコははっきりと聞いていた。

強情なマルコに匙をなげたショウイチロウは黙り、しかたなく翌日の月曜日まで待つことになった。

月曜日の朝になるとマルコの体温はすっかり平熱にもどっていた。何はともあれ、診察を受けて安心したほうがいいとショウイチロウはマルコを説得したり懇願したりしたが、熱が下がったからもう大丈夫と頑として医者に行くことを拒んだ。

あの信じられない突然の高熱はなんだったのだろう？

土岐田マルコを二日間にわたって襲った三十九度を越す高熱は三日目の朝目覚めると嘘のように下がっていた……。

冬の季節ならばインフルエンザかもしれないと誰でも考えるけれど、もう三月も終わりである。それに毎年予防接種を受けているのでここ何年も、大流行した年でさえ感染していない。まあ三月末という時期が曲者であると言えばいえる。この頃になるとワクチンの効力が失われるので感染したと言えなくもない。けれど、今年はそれほど患者は出なかったみたいで、例年新聞やテレビで報道される学校や学級の閉鎖を今年はほとんど見聞しなかった。どう考えてみても、マルコが突然三十九度を超える高熱を出した前後の状況は不可解だった。

二日間寝たきりだったので起き上がると多少ふらつきはしたが、身体は普通に機能している。カエルのように床に伸びたまま身動きできなかったのが嘘のよう。

三日ぶりに階下に降りたマルコは庭に面したリビングの掃き出し窓を全開にした。いい天気である。穏やかな陽射しがマルコの視線をまぶしくつつんだ。

新緑の木々が陽に耀き、ところどころにはあまり手入れをしていない花木や草花が無造作に咲き乱れている。見なれた小さな庭がまるで初めてみる景色のように新鮮だった。いのちがちろちろと燃えて息づいている。

〈ああ、いい気持ち！〉

マルコは大きく息を吸った。春の匂いが景色ごとマルコの咽喉にとろとろと流れこんだ。

アゲハチョウが二頭、ちらほら咲きはじめたハナミズキの枝の先を飛び交っている。雌雄とおぼしい二頭のその戯れを目で追っているうちに思わずしらずマルコは自分も一頭の黄色いアゲハチョウになってハナミズキの梢の先をひらひら飛んでいた。

なんとも不思議な一瞬だった。

単なる幻覚だったのだろうか。それとも……？

3

物心がついたときから、マルコには何でも話せる友人がひとりいた。トオトというちょっと珍しい名前。漢字で書くと遠音。初めて出会ったのはずいぶん昔のことだけれど……。そのときのことは今でも、昨日のように記憶に鮮明である。

小学校三年生の二学期だった。

毎年秋祭りの翌日に行われる恒例の秋季大運動会を目前にして毎日練習にあけくれていた。

運動が苦手で鈍くさいくせに自意識だけは人一倍で、すぐ緊張する性質《たち》だったマルコは、運動会がとても重荷で学校に行くのがイヤで気分がしおしおしていた。

祭りのご馳走を弁当にして一家総出で駆けつける小・中学校合同の運動会は秋の一大

イベントである。

大勢の親や上級生たちが見物している面前で、もし徒競走でビリになったらどうしよう、ダンスや踊りでステップや振りをまちがえたりしたらどうしようと、気が気でなかったので運動会の当日はもちろんのこと、練習のときもただ苦しいだけですこしも楽しくはなかった。

そんなしおしお気分に追い詰められていたマルコはある日、徒競走の練習で横に並んで走っていた友達を思わず腕で押してしまった。何が何でもビリにだけはなりたくない……という思いの強さが余っての幼い浅はかな行為だったのだけれども、後で担任の教師に呼ばれた。

「今日みたいなこと、もうしたらアカンよ」

二人だけになると先生は笑いながらマルコの額を二本の指で軽く押さえて一言諭した。先生の二本の指が額に触れたとたん、それは真っ赤に焼けた火箸のようになってみるみるマルコの額を焼いた。

「ごめんなさい。これからはもう絶対にしません」

マルコはぺこんとお辞儀をするとトイレに駆けこみ、声を忍ばせて泣いた。涙がすこしも止まらなかった。

先生に叱られた。どうしよう……。

そのことだけがマルコの身体じゅうを狂ったようにめぐりめぐった。

褒められたことはあっても、先生に叱られるなど、生まれて初めてのことだった。

先生の指が触れた額が爛れたようにずきずき痛んだ。足が萎えてすぐには立ち上がることができなかった。

〈先生に叱られた……。どうしよう。もう死んだほうがマシ。恥ずかしくて明日から学校へ行かれない……〉

誰にも言えない悲しみが胸いっぱいに溢れてその晩マルコはいつまでも眠られずに真っ暗な天井を眺めていた。

どのくらい経ったのかわからない。ふいに肩の辺りをトントンと叩かれてハッとしてふり向くとマルコと同じくらいの年格好の女の子がひっそりと座っている。

「マルコちゃん、元気を出して！　先生にちょっと叱られたくらいでそんなに落ちこむことないわ」

「あんた、だれ？　どうしてそのこと知ってるの」

「わたしトオトって言うの。あなたのことは何でも知っているわ」

「ふーん。トオトやなんて……、変な名前」

「そうお。わたしは自分の名前が気に入ってるけど……」

マルコはトオトとおしゃべりしているうちに萎んでいた風船がぷくんぷくんと膨らんでくるように元気になった。

それからずっと何十年も、マルコが凹《へこ》んだり気弱くなったり苦しかったりしてもがいているようなとき、決まってトオトが駆けつけてくれた。おかげでマルコは今日まで、ペチャンコになって潰れずに何とか生き延びている。

同い年ではあるけれども、トオトはマルコよりなにかにつけて大人びている。だからトオトは無二の親友であると同時にとても頼りになる姉のようだった。

〈トオトがいなくなったらどうしよう……〉

マルコはふっとこんな思いに囚われてときどき不安になった。

トオトに初めて出会ってから何十年もが過ぎたが、トオトはどこへも行きはしなかった。マルコがしゃべりたいときはいつでもマルコの側にいた。だからマルコは安心しきってトオトがいなくなるなどとはつゆ思いもしなくなっていた。

長い年月を経るうちに、気がつくとマルコもトオトもそれぞれに生きてきた年月の重さに相応しい外見に変貌していた。

破れやすく柔らかかった若々しい皮膚はいつの間にかこぶこぶと肥厚して堅固になり、ちょっとやそっと互いの表皮をめくったくらいでは内奥に深くつつまれてあるかつてのマルコやトオトに、もう触れることはできなくなっていた。

そして、そのことはお互いにどこかで了解しあっているはずだとマルコは思い込んでいた。

けれども、トオトは突然、思いもしなかったかたちでマルコの前から姿を消した。

去年の八月のことだった。

百日紅の白い大きな花房が幾十となく咲き乱れて肌を刺すような酷暑のなかでつかの間のあるかないかの微風に揺れていた日盛りの刻。

エアコンの効いた居間で独り、マルコはもう何度も観た外国映画のＤＶＤをまた観ていた。

何回観てもいいものはいいなあ、などと独り言しながら観終わったあとの心地よい感慨に浸っていたときだった。

不意に目の前を白いものがさっと横切った。眼を凝らす間もなく、エッと目を見開いたときにはそのものはもう姿も形もなかった。けれども、残像のようにそれはマルコの目の底でうごめいていた。

〈さっき確かに目の前を……〉

気になったマルコは何気なく窓の外に視線を移した。白い日傘を差した女の人が門の扉を開いて出て行こうとしているのが庭の木立越しにちらっと見えた。

〈だれ？〉

マルコは急いで窓に駆け寄り門扉の辺りを見回した。が、白い日傘をさした女の人の姿はどこにもなかった。

幻影だったのか。錯覚だったのか。

〈やっぱり幻視だったのだろうか？〉

その夜マルコはトオトと会いたくなったのでいつもの方法で連絡した。けれども、トオトはいなかった。何時もどってくるのかもわからなかった。

会えないとなればよけいに会いたい気持ちがつのる。マルコはトオトがいそうな場所にやつぎばやに連絡してみたがトオトはどこにもいなかった。

〈これまでこんなことは一度もなかったのに……〉

〈トオトにぜんぜん連絡がつかないなんて……〉

トオトに何か思いがけないことが起こっているのかも知れない……。マルコは気が気でなかった。

今までずっと、トオトに会いたいときはいつでもマルコから連絡していた。トオトから連絡してきたことは一度もない。連絡の方法はいくつかあってその時の気分で好きな方法を選んでいたのだが、どんな方法であってもすぐにトオトはやってきたのに……。

〈今日にかぎってどうしたというんだろう。もし、このままトオトに会えなくなったらどうしよう……〉

不安がじわじわとマルコをつつんだ。

次の日またマルコはトオトに連絡した。が、だめだった。

次の日も、また次の日も……。

思いつくかぎりの方法で必死にトオトの居場所を突き止めようとしたが、無駄だった。

トオトはマルコの前から姿を消してしまい、二度と現れなかった。

トオトはどこへ行ったのか。

マルコを見捨てて……。

もうマルコには腹の底を割って嘆いたり、ぐちったり、詰め寄ったりしながら取りすがる相手がだれもいなくなってしまった。独りぼっちのおぼつかない暗い部屋に取り残されてしまった。

もちろん、マルコには夫もいるし、子どももいる。他人からはどこにでもあるごく平均的な家庭だと思われているだろうし、実際にそうである。

夫のショウイチロウは正しくは昭一郎なんだけれども。外向けには人当たりがよくてエエカッコしい。だけど、内ではケチで文句言いで口うるさくてときどきマルコは辟易する。が、まあ基本的には真面目人間。

一人息子のリルケは、名づけの由来を述べればけっこう長々しくなるので省くけれども。マルコがどうしてもリルケにしたいと言いつのり周囲が根負けしてようやく決まった名前。残念なことに当てはめたい漢字が人名漢字になかったもんだから、理留香と書いてリルケと読ませることにした。

今になってみると、ちょっと凝りすぎた名前だったかなと思う。なかなかちゃんと読んでもらえない。たいていはリルカと呼ばれる。それに何より性別を間違えられるのがいちばんつらかった。幼稚園の入園の時も小学校の入学時にも性別が女の子と誤記されてしまった。もっとだれにでもわかりやすい名前にすればよかったと正直後悔したことも一度や二度ではない。名前はやっぱり正確に発音してもらいたい。

それほどまでに拘ってリルケと名づけ、マルコが息子に託した思いとは裏腹に、リルケは、まだ物心もつかない頃からことあるごとにマルコの意に背き、異を唱えて、マルコの期待を裏切りつづけた。

あまんじゃくとあまんじゃくのタタカイはいつもエンドレスで……。それでもなんとか人並みに機会をつかみながら成長して二十七歳でやっと社会人になった。

リルケの選択は必ずしもマルコが望んでいた分野とは言い得なかったが……。ショウイチロウは満足している風なのでまあいいか……と。

外側から見ればどこにでもあるありふれた穏やかな家族の風景が土岐田マルコをつつんでいる……。事実、ショウイチロウとマルコとリルケの家族としての関係には目に見えるようなカタチでの齟齬《そご》なんぞはなんにもなかったのだから……。

世間ではこういうのをふつうシアワセと呼んでいるらしい。

トオトがふっつり消息を絶ってからしばらくしてマルコはときどき不思議な体験をするようになった。

最初は去年の秋の終わり。夕刊を取りにいこうと玄関まで行くと傘立ての側に人影がある。五時は過ぎていたからこの時期多少の陽の翳りはあるもののまだ明るい。

ふたりの人影がうずくまってなにか話している……。

マルコの網膜に一瞬焼きついたそれは、二、三度瞬きをしてからもう一度確かめるときれいに消えている。

〈確かに見えたのに……〉

「幻視、幻視。幻を見たんだよ。一種の老化現象。白内障が始まってるんとちがうか」

夕食の時、ショウイチロウに話すと一笑に付された。

〈失礼な……。わたしをなんだと思っているの〉

〈やはりこのひとにはこれ以上話してもダメ〉

マルコは何度となく思い知らされて腹に浸みている思いをまた噛みしめた。ショウイチロウとの会話はいつだって決まりきった日常のありふれた範疇を出ることはない。シヨウイチロウにとってマルコとの会話は目の前の現実を手際よくさばくための手段にすぎないのだ……。

「そうかなあ……。まだそんな齢でもないと思うけど……」

マルコは視線を背けて小声で言った。

〈トオトに会いたい〉

トオトならマルコの思いを丸ごと受け止めてくれるのに。

でも……、もうトオトに連絡する方法はない。トオトに会うことはできない。マルコは独りぼっちだった。

脇の下と太腿のつけ根に扇形のぴらぴらがくっついてからも、さいわいだれにも気づかれずに無事に数か月が過ぎた。

慣れとはすごい。この頃はもう脇の下のぴらぴらは忘れていることのほうが多いし、内股のもあんまり気にならなくなってきた。気にしてもあるものはある。消えないものは消えない。だったら、それらは新しく加わったマルコの身体の一部として受け入れてしまったほうがずっと気持ちがラクになる。

人間というものは、こうして余計なものがくっついたり大切なものを失ったりしながら生きていくんだから……と、アキラメルというか、サトルというか。

いやいやサトルなんてとんでもない。

諦めにあきらめて、やっとこさおのれを説き伏せたというところだろう。

まあ今のマルコの年齢だからそうもできたので、もっと若かったら堪え難かったであろう。

それにどうしたわけかこのところ、リルケのことが以前ほど気にならなくなってきた。

リルケが生まれてからずっと、片時も頭の芯から離れなかったリルケへのどうにもならない執着が薄紙が剥がれるようにすこしずつ剥がれて落ちてきた。

どんなに拒まれても、突き放されても、とりすがり、哀願し、果ては脅迫してまで懐に入れようとする。ぶざまでおろかしいと十二分にわかっていながらどうにもならなかったリルケにたいする執着から、マルコはだんだん自由になり解放されているのがはっきり実感できる。

どうしてなのだろう。マルコ自身にもわからない。

リルケがようやく社会人になって安定したから？

月に一度は両親の家に帰ってくるようになったから？

〈いいや違う〉

付き合っている恋人があり、そのうち彼女と結婚するつもりだと打ち明けられたから？

〈いいや、いいや、それも違う〉

4

発達している……。肥大している……。

やはりそれはマルコにとって如実だった。

脇の下の扇形のぴらぴらは腕を垂れて折りたたむとほとんど肘の辺りにまで達してフランスパンのバケットのような形でむっちり腕からはみだしている。腫瘍のようには傷口を開いていないので指で触れてもそれほど悪い感触はないけれど他人には絶対に見られたくない不要の醜い新生物であることに変わりはない。

太腿のつけ根のぴらぴらはもう六十センチほどにも伸びて膝下にまで達している。先端がぎざぎざになって固くなり思いっきり脚を上げてみてもマルコの身長ではもう完全な扇形には拡がらない。ところどころが二重三重によじれあって三味線のバチのような、銀杏の葉を縦に二つ折りにしたような形までしか開かない。折りたたむと先っぽの固いぎざぎざが針のようになってふくらはぎの辺りをちくちく刺す。

当たると痛いのでどうしても膝下を庇うように歩くと前屈みになってしまう。

〈そんなのはイヤ。せめて背筋はまっすぐに伸ばして歩きたい〉

マルコはいつの間にかトウシュウズを履いたバレリーナのように爪先立ちでバランスを取りながら歩くようになった。

気づいたときには、ふくらはぎの筋肉と足指は鍛えられて太くなり、足首は細く、くるぶしはごつりと突き出して、足裏の前半分は革靴の底のように厚くなっている。親指と残りの四指の間は大きく硬く切れ込んで、長く伸びた五指の爪は丸く曲がって指裏にくいこんでいる……。

マルコは全身を覆い隠すためにいっそうだぶだぶの服をまとうようになり足を覆うために厚手の靴下を履いた。

ショウイチロウはマルコの身体の変化に気づいているのかいないのか、何のシグナルも送ってこない。

　マルコの変化を口にしたのはリルケだった。

　だぶだぶだぶ膨らんでいくマルコのセーターやブラウスやスカートに目を留めて、ある日、リルケが言った。

「母さん、最近太った？」

「あら、そう見える？」

　なんともナンセンスな会話からそれは始まった……。

「最近、すごいだぶだぶのもんばっかり着るようになっただろう」

「うん、まあそうねえ、ラクだから……」

「まだそんなトシでもないだろ。もうちょっと減量してもっとカッコいいのん着たらどうや」

「そうねえ。まあ考えておくけど……。でも、そんなにブサイク？」

「だぶだぶしすぎている。はっきり言ってカッコわるいよ」

　リルケがだぶだぶの服の内側に隠れているマルコの身体の変化にまで気づくわけはないから、単なる肥満と思ってるのに違いないけれども……。

〈私だってカッコいい服を着たいにきまっている。着たいけど着られないのよ〉

マルコは大声で叫びたかったが、口を吐いて出たのはリルケへの気遣いをオブラートにつつんだ、マルコにとっては絶望的なことばだった。

「じゃあ、今度、あなたが帰ってくるまでに頑張って減量してみようかな」


意識しているときはもちろんそんなことはないけれども、ふと気を緩めて何気なく歩いているようなとき、マルコはときどき急にバランスが崩れてふわっと前のめりに倒れそうになるようになった。

伸びて曲がった五本の爪が指裏に深く食いこみ指の肉と一体化してヒズメのように変形している。けれども、ヒヅメのようには平らでないので畳や絨毯、地道を歩く時はそうでもないが、固くてつるりとした表面のもの、たとえばフローリングの床とかコンクリートやアスファルトの舗道などを歩くようなとき、カギ爪の固い凹凸とつるっと固い平面とがこすれあっているうちについとバランスが崩れてよろりとなる。

瞬時に姿勢を立て直せれば問題はないのだけれども、上半身にはバケットのようなぴらぴら、下半身にもそれに劣らぬ大きな新生物をぶら下げているうえに足首が滅法細くなってきている……。三度に一度は立ち直れずにぶざまに前のめりに倒れてしまう。マルコには身体を支える杖が必要になった。転ばぬ先の杖とはよくぞ言ったもの。けれども、マルコの年齢で、ほんまものの杖など使うのは考えてみるだけでもイヤだった。でも転ぶ。

マルコは細い竹の根っこをまるく曲げて磨いた長い柄のついたお気に入りのこうもり傘を杖の代わりに持ち歩くようになった。

それに家の中を歩いていても、ふっと頭のなかが白くなってそのまま何かに吊り上げられるように意識がどこかに跳びだしていく。

いつものように時間は過ぎるが、家はもうマルコの居場所のようには思えなくなっていた。

何か落ち着かない。いらだたしいわけではない。居心地が特段悪いわけでもない。けれども、マルコ自身の内の内のところからなにものか得体の知れないものの声が聞こえてしきりにマルコの背中をせっつく。

わけがわからなくなってぼんやりしているマルコの目の前に薄い真綿のような、絹雲のようなものが一片、ふわりと下りてくると、見る間にそれはふわりふわり重なり合いながらマルコをすこしずつ蔽っていく。

生きもののようにとめどなく群がり重なりながらマルコをつつみこむ、名も知らぬ白い皮膜の雲海に投げいれられてあっぷあっぷしながら溺れそうになっているマルコと、存在の不安に怯えながら不安の海を漂うているケシ粒ほどにちっぽけなマルコを、外側から傍観者のように直視しているもうひとりのマルコ……。

ふたりのマルコが、深まる秋のなか、つるべ落としの夕陽に映える紅葉を眺めている。


いよいよその時がやってきたと思った。

マルコは白いオーガンディーをたっぷりと買い求めた。来たるべきその日に備えてかねてからイメージしておいたとおりに布地を裁ち切り、しばらく使っていないミシンでていねいに長い長いドレスに縫い上げた。

出来上がると三面鏡の前で試着してみた。くるりと一回転してちょっと首を傾げると大きく開いた袖口が床にとどくほどにひらひらと扇形に広がり、ゆるゆる尾を引く長い裾と交わって白い羽根のようだった。

〈イメージどおりの出来上がり。満足……〉

新しいブーツも買った。

家中の掃除をした。普段は滅多にしない隅の目立たない場所のゴミやホコリも入念に取り除いた。

家の中は磨かれてぴかぴかになった。

家庭のことには万事無頓着なショウイチロウもさすがに気がついたらしい。

「何や最近家の中がいやにきれいになったな」

「そうでしょう。毎日磨いているんですもの……」

「いったい、何を発心したんや」

「長年見過ごしていた家の中のホコリや汚れをこの際本気でキレイにしようと決心したのよ」

「この際って……、どういうことや」

「一区切りってこと。あなたも無事に定年退職したし、健康でありさえすれば後はまあまあのセカンドステージが待ってるでしょう」

「まあな……」

「リルケも二十八歳になってもう一人前の社会人だわ。あのコのことだから大丈夫。自分のことぐらいは自分で面倒を見るでしょう」

「まあそうだろな」

「それにね、来年あたり結婚するかもよ」

「なんやて……、まだ就職してやっと二年目じゃないか」

「するとは言ってないわ。するかも……と言ったのよ。まあ結婚のことはともかく……、健康でありさえすれば心配ないもの」

「それで、自分のことはどう思っているんだ」

「わたし？　わたしは今までどおりのわたしです。このままでだんだん老いて……、出来ることも出来ないようになっていくかもしれないけど……。将来《さき》のことはわからない。ケ・セラ・セラよ。今を、思うとおりに生きていけたらそれで言うことはない」

「ふーん」

5

ショウイチロウは出かけている。リルケは今週は家に帰ってこない。いつもならこんなときは朝の残り物でひとりだけの昼食を済ませるのだが、今日は特別。きのうから冷蔵庫に準備しておいた材料で三人とも好物の料理をそれぞれいつもの量の倍ほども作りご飯も新しく炊いた。

炊き立てのほっかほっかご飯に何種類もの作りたての好物料理という、ひとりだけの昼食では食べたことがない豊かな食事をゆっくり味わうと、マルコは残りをそれぞれ二等分し一方はリルケのためにラップにつつんで冷凍庫にしまった。もう一つはショウイチロウの夕食用に皿に盛り冷蔵庫にしまった。

それからしばらくテーブルに肘をついてぼんやりしていたが、じきに立ち上がり二階の自室に向かった。

洋服ダンスから白のオーガンディーで作ったロングドレスを取り出して、これも白一色で統一したアンダーウエアの上に羽織った。ゆったりとひらひらしながら二メートルほども床に長く広がった。このままでは歩けない。

マルコはやはり白い幅広のサッシュを腰に巻いてドレスの裾が足首の長さになるまでたくし上げた。

その上に黒い薄手のロングコートをすっぽりと羽織った。

〈舞台の魔女みたい……〉

そのまま廊下伝いにリルケの部屋に行った。

鍵は掛かっていないけれども、リルケが居ないときに部屋に入ったことは一度もない。リルケが居るときしかリルケの部屋には入らない。昔からの習慣である。

目に入るものはリルケが現在使っているものがほとんどで、二十八歳の男臭い部屋であるけれども、マルコの目には小学校五年生の時から今日までのリルケの時間がぎっしり詰まっており、パノラマのように遡及して、調度品は言わずもがな壁や天井や窓にまで映しだされてマルコを息苦しく圧する。

それらがリルケ自身の時間であるのは当然のことであるが同時にそれはマルコ自身が燃焼しつくした時間でもあった。

マルコはかすかにリルケの臭いがする回転椅子に腰を下ろし机のパソコンに触れた。

〈この中にも私の知らないリルケがいるのだろう……〉

マルコは二、三度デスクトップパソコンを撫ぜた。無機質なひんやりとした感触が指先に伝わってきた。

〈元気でね……、リルケ〉

机の上にリルケに宛てた封書を置き、もう一度ぐるりと室内を見回してからマルコは部屋を出て行った。

それから、隣のショウイチロウの部屋に向かった。

ほとんど毎日のように出入りしている見なれた室内だけれども改めて見回すとほんと雑然としている。縦に積んで整理するのが苦手なショウイチロウは何でも横に広げる。だから本棚からはみ出したかつての仕事の関係や趣味の書籍、資料などがダンボール箱に入って積み上げられ、あるいは放り出されて足の踏み場もないくらい。見かねたマルコがちょっと片付けようとでもしようものなら触るなと激怒する。

仕方がないので机の上の空いたところとか書架の隅とかをちょこっと拭くだけで、後はよろしくご自分でと、腹の底でむかつきながらマルコはいつも掃除という儀式を終える。

八畳の部屋の真ん中に突っ立ったまま、マルコはぐるっと室内を見回した。ショウイチロウと暮らした三十年間がテレビの画面のようにフラッシュバックした。

〈ありがとうございました。お元気で……。ごめんなさい〉

マルコは机の上にショウイチロウ宛の封書を置くと部屋を出た。

自室に戻りバッグを手にすると階下に降りた。

新しいブーツを履き、杖代わりのこうもり傘を持って玄関を出ると扉に施錠した。こうもり傘の支えなしにはもうタイルのアプローチを門まで歩くのがしんどい。

待たせておいたタクシーに乗る前にもう一度振り返り二階の自室の辺りを見上げた。常緑樹に混じっていちだんと色を深めた庭のハナミズキやヤマボウシの紅葉が鮮やかだった。「お城まで行ってください」マルコは運転手に告げた。

城の手前でタクシーを降りた。

大手門を入ると三の丸広場をへだてて正面の天空に国宝白鷺城が聳え立つ。比類のないといわれる連立式天守閣群のなめらかな線と気品……。十数年前に世界遺産にも登録されたこの桃山文化の粋が結晶した高雅な城は、四季おりおり、ときどきの景観をゆたかに醸して何時観ても何度観ても飽きることなく美しい。

マルコは色濃く黄葉し紅葉した桜並木のゆるゆると上る坂道をこうもり傘を支えにつま先立ちになりながら菱の門をくぐり見学コースを順に進んだ。

天守閣への順路は今のマルコにとって気が遠くなるほどはるかだった。処々に数ある石段はマルコの前に鉄壁のように立ちはだかって、曲がってヒズメになった足裏や細い足首を威嚇する。脇の下のぴらぴらは中途半端に開いてビシッビシッと奇妙な音を立てているし、ずっと上り道なので太腿からぶら下がったぴらぴらの先の固いぎざぎざが歩くたびにちくちく膝下を刺して堪らなく痛い。

〈はの門〉の階段を上るころマルコの苦痛は極みに達した。天守閣まではまだまだ……遠い。きっと前を見上げながらマルコは一歩また一歩と前に進んだ。なんとしても天守閣まではたどり着きたい、その思いだけに引きずられて……。

けれども、天守閣まであともうひとふん張りの〈ほの門〉のところでとうとうマルコは力尽きた。

〈もうダメ……。天守閣まではとても登れない……〉

秋の観光シーズンとはいえ、三連休の翌日。すでに午後三時を過ぎている。さすがに人影はまばら。

マルコは門からすこし離れてほぼ死角になっている北側の土塀の隅の人目につきにくい場所に隠れるように移動した。

〈ここならだれにも見られることはないだろう〉

コートを脱いで折りたたみ、その上にバッグを置いた。ブーツも脱いでコートの傍に揃えた。

〈これでいい……。どうか成功しますように……〉

ドレスをたくし上げていたサッシュをほどいた。白い長い裾がずり落ちて足元で渦のようになってまるまった。

〈さあ、決行！　一、二の三！〉

こうもり傘の先を地面に突き立て、柄を両手で摑むとそれを支柱にして両膝を曲げ、思いっきり地面を蹴って土塀の上をめがけて跳び上がった。

ドレスの裾がふわっと広がり流れたかと見る間にマルコは三メートルほどもある土塀の瓦の上に乗っていた。

〈できた！〉

足裏に曲がった拇指とくっついた四指とその間の深い切れ込みが土塀の瓦を支えてマルコの身体を安定させている。

首を上げると、すぐそこに天守閣があった。大天守の天辺で鯱《しゃちほこ》が空におどっている。

〈まずはあの大天守の破風の屋根の鯱まで……〉

マルコは勢いよく塀の上の瓦を蹴った。信じられない軽さで身体が浮き上がり足の先よりもずっと長いドレスの裾が吹流しのように風に流れた。両手をゆっくり上下に動かすと扇形に広がった白いドレスの袖が翼になった。

上へ上へと舞い上がり、旋回しながら白い鳥のようになってマルコは大天守の西の破風の屋根の鯱に舞い下りた。

眼下に見える西の丸のあざやかな錦秋が夕陽に映えている。

〈いよいよ大天守の甍《いらか》の天辺へ……〉

マルコは一息に舞い上がり飛んだ……白い袖を翼のように、白い裾を尾のようにはためかせて……。

やがて、すうっと音もなく一羽の白い鳥が大天守の天辺に舞い下りると鯱の一つに止まった。

鳥は鯱に止まったまま、ときどき首を傾げるようにしてまるい小さい目を四方に向け、何かを喋ってでもいるかのように細い嘴を動かしていたが、クェーンと一声鋭く鳴くと身震いするように翼を大きく上下に振りながら天空をめざして真っ直ぐに舞い上がった。

大天守の宙高くで一、二度大きく旋回すると、真っ赤に燃えている日没前の陽を目ざすかのように、夕映えの空を西に向かって矢のように飛び去った……。

『へべ』の遊魚

「オノブ、お前はほんまにアホやな。ようあんなしょうもないもん書くわ。あんなしょうもないもん書いてどうするつもりや。今まで通りのジャンルで書いたらええねん。ええもん書けてるが……」

寝入りばなを起こされた耳に津原のいつものネチッとした声が響いてくる。また飲みながら電話している……。

「こんな時間にかけてくる津原さんの電話は取り次がないようにとお願いしてたでしょう」

受話器に手で蓋をしながら、伸子は小声で田之倉をなじった。

もう鬱陶しいったらありゃしない。

呂律のまわらない津原のくだくだと続く伸子の人格や作品へのいつ止むとも知れぬ攻撃……。

アホ、バカ、ヘタクソ、ショウモナイ……の連発。

堪りかねて、伸子が言う。

「わかりました。よくわかりましたよ、津原さん。もう真夜中です。遅いから電話切ってもいいですか」

「ちょ、ちょっと待ってよ、オノブ。話はまだ終わってへんのやで……」

「もうこんな時間ですし、明日の朝、早いから……」

言いながら伸子は、明日の朝なんかじゃない、もう今朝になってるじゃないかと、腹のなかでむんむんする。

「ごめんな、ノブコチャン。おれ言い過ぎてしもた。ノブコチャンの書くもんほんまはええと思てるんやで。ごめんな。おれ、また心にもないこと言うてしもた。どないしょう。赦してな、ノブコチャン」

非常識な時刻に電話してきて身勝手で一方的な罵詈を延々とのたもうた挙句の果てに、哀願するような口調をつづける津原にすっかり眠気を損なわれて、伸子の神経は荒立つ。もう、夜更けの酔っ払いの繰り言になんぞ、これ以上付き合っていられるか！

「ごめんなさいね、津原さん」

いい加減お人好しの伸子も、心底、とんがった声になって電話を切った。

慌しい朝の時間が睡眠不足の伸子をぐるぐる巻きにして機嫌の悪さをこれでもかと辺りに投げつけていた朝食前、電話が鳴った。

田之倉が出た。

「津原から電話や」

「私は出ません」

「ノブコチャンに代わってくれ、言うてるで」

「出、ま、せ、ん。あなたが話せばいいでしょう。もう、いい加減にして！」

昨夜電話してくる前からすでにかなり飲んでいた津原だったが、あれからもずっと飲み続けて今も飲んでいるという。

「今日は仕事が休みやからええということらしい。ノブコチャンに謝っといてくれと言うとったで」

「そうですか」

伸子は音を立てて舌打ちした。

針金のように痩せた津原が独り、苦虫を噛み潰したような青白い顔をして、一升瓶を抱えて飲んでいる姿が目に浮かぶ。
津原は笑わない。笑った顔を見たことがない。破顔一笑などという表情は、少なくとも伸子の知っている津原には無縁であった。そんなに不細工な造りでもなく、いまだに少年のような面影の片鱗を漂わせる津原が、にこっと笑顔になったらどうだろう。いや、見たことないから……、イメージするのはむずかしいな。などと思っているうちに、伸子の気持ちが少しずつほどけて和んできた。

一時途絶えていたのだが、このところまた津原からの常識外れの時間にかかってくる電話がふえた。他人の気持ちが解りすぎる繊細な神経の津原が、飲みつづけ泥酔してコントロールを失っていく様が痛ましくもあるが、普通なら定年を迎えてほっと一息吐き、それまでよりはゆるりとした人生の第二ステージに入るところなのだが、妻なく子なく家族なく、自由気儘が身に染みこんだ上に、まだ働きつづけている津原の胸の裡を察すれば、酔っ払って電話してくる真夜中の罵詈雑言くらいはまあいいかと甘んじている伸子ではあるが、こう頻繁だとやっぱり堪らない。

津原とは知り合ってもう何十年にもなるけれども、その間そうそう会っていたわけではない。ことに働き盛りの三十年ほどは転勤やなんかで地理的にも離れていたし、仕事の責任もだんだん重くなってきたりして、田之倉などはもうどっぷりの会社人間になってしまっていた。

伸子は伸子で、仕事も子育てもと欲張っていたので毎日が目の回るような忙しさだった。自分と向き合う時間など取れるはずもなく、目の前に押し寄せる日常を慌しくこなすだけで精一杯の日々だった。

津原との間も文字通り去る者は日々に疎しの状態で、ほとんど没交渉になっていた。

五十歳の坂を超えて、がむしゃらだった日常の渦の向こうに仕事のゴールが見えてくるようになった。子は育ち、自らの望む方向へ自らの翼を駆ってすでに飛び立っている。

健康で働き続けられたことや無事に子どもが育ったことは何よりのことではあったけれども、伸子は、何か満たされない空しさに囚われている自分に気づいた。

ようやく長い間なおざりにしていた自分と向き合う時を迎えたのだった。そして愕然とした。仕事と子育てで過ぎ去ってしまった長い長い時間の後に佇んでいる自分と改めて対面して、伸子は思い知ったのだった。自分自身を肥やすことを長い間怠ってきた報いがいかに大きかったかを……。

痩せて中身のないガランドウの伸子が風もないのにカタカタと渇いたさびしい音を立てている。

ああ、すこし外の空気を吸いに出かけなくては！

忙しさにかまけて出不精だった伸子は、細めに窓を開き、玄関の扉を押し開けて、まだ見たことがない風景を探しにそろりと一歩を踏み出した。

秋風が伸子の頰を撫ぜて通りすぎる。小さい秋が舗道の隅に黄色くなった銀杏の葉をひらりと落としている。

シルバーグレイの乗用車が音もなく伸子の脇を過ぎていく。ずっと離れた向こうで誰かに手を振っているひとがいる……。

長い間、こんなことにも気づかずに生きていたんだ。なんという迂闊さだろう！

田之倉が定年を迎えたのを機に、伸子も三十年余り勤めた仕事を辞め、永年住み慣れた家を売り払って田之倉の実家があるH市に転居した。

時間に追い立てられる日々から解放されて、地方都市の新しい住居で毎日のんびりと過ごしているうちに、若い頃の想いがよみがえり、伸子はまた何ぞ書いてみたいと思うようになった。田之倉もそうだったのだろう。

しかし、かつて田之倉や津原たちが所属していた同人誌はとうに終刊しており、編集・発行人だったひともすでに亡くなっている。

幸いなことに、長い間休刊していたH市の伝統的な同人誌が復刊される運びとなり、伸子は田之倉と共にその同人誌に参加して、ぼちぼち書きたいものを書き始めた。

伸子はそこで、それまで仕事の合間にストレスを発散するようにしてちょこちょこ書いていた短いものとは違うジャンルの作品を書くことにした。

津原とは特に連絡をとるようなこともなかったが、相変わらず同じH市でまだ仕事を続けているようだった。

四月になったばかりの日だった。突然、津原から電話があり、花祭りの日にお城に花見に行こうと誘う。

駅前の百貨店の側で待ち合わせることになった。田之倉はH市を離れている間も実家へ帰ったりしたおりに何度か会っていたのだが、伸子にとっては三十年ぶりの再会である。それに津原を知っているといっても実際に会ったのはほんの三、四回ほどであるが、そのときどきの印象が強烈だったので三十年経っても記憶は鮮明であった。伸子は、その時の印象の延長線上に三十年ぶりの津原を描いていた。

何事につけてもイラチでセカセカ、待てない性の田之倉に急かされて約束の時刻の二十分も前に待ち合わせ場所に着いたのだが、津原はもう来て待っていた。田之倉はすぐ気づいたが、伸子はすぐには津原だとわからなかった。津原だってそうだったろう。津原の前に立っているのは三十年前とは別人のように変貌した伸子だったのだから……。

肉の無い骨と皮だけのようながりがりの身体にグレーのストライプ柄のスーツを着て、待っていた津原は田之倉に気づくとすこし表情を緩めて片手を上げた。

久闊を叙するというほどにも親しくはない伸子は、通り一遍の挨拶を交わしただけだったが、あ、飲んでいるな、とすぐにわかった。

お城への道すがら、津原を中にして三人並んで歩きながら津原がぽつりぽつり呟くように喋り、田之倉が曖昧に相槌を打ち、伸子は黙って随いていった。いかな伸子にもその時は口を衝《つ》いて出ることばがなかなか見つからなかった。

城門を入り、広場の遊歩道を歩いていると満開の桜花がときおりひらりと地に舞っている。

西の丸広場の花陰の一隅で、百貨店で買ってきた花見弁当を開いて、花見酒を愉しんだ。いや、花見を適度に愉しんだのは伸子だけだったかもしれない。

飲みつづける津原につられて田之倉も杯を重ね、二人は飲みに飲んだ。飲むほどに酔うほどに、日頃はどちらかというと寡黙な田之倉の舌もようやく滑りはじめた。

満開の桜花の下での久し振りの再会のせいだろうか、口許に皮肉な薄い笑みを浮かべてはいたが津原は上機嫌だった。

「オノブ、お前、今しょうもないもん書いてるやろ。おれもな、俳句作っとるんやど」

「あれ、津原さん、とうとう俳句に行かれましたか」

「とうとうとはなんや。俳句も作っとるということや。田之倉に見せてもオモロナイからな、オノブだけに見せるわ」

このところ、田之倉が友人に誘われて俳句を嗜み始めたのを知ってか知らずか、津原は胸ポケットから手帳を出して開いた。

鉛筆で四、五句書きつけてある。ひと目見て伸子はおどろいた。

「どうや。いけてるやろ」

津原に催促されても伸子にはことばが出ない。十七音で完結する俳句のわずか四、五句にさえ津原の感性の衰弱ぶりがあまりに明らかで、伸子は胸を衝かれたからだった。かつてのあの鋭い津原はもう何処にもいなかった。

無残にすりきれた津原の駄句を前にして、伸子は言いようのない寂しさを覚えた。なんぞ一言お愛想をと思うけれどもどうにもことばが出てこない。

「どうや、オノブ。おれの俳句は……」

「いやあ、申し訳ないですが、私は俳句のことはようわかりませんので……、ごめんなさい。田之倉にでも……」

「もうええわ。別にあいつに見せることもないわい」

津原はぶすっとして伸子から手帳を引ったくるとポケットにしまった。田之倉は素知らぬ顔をして二人のやりとりを窺っている。

津原は紙コップにまた酒を注ぎながら今度は田之倉に向きを変えた。

「おい、田之倉、君、俳句やっとんのか」

「やっとるというほどでもないけど……、まあな」

「どこぞの結社に入っとるんかいや」

「いやあ、結社というほど大袈裟なもんじゃないけどな。なんせ、新米やもんな」

「ほう、そうか。ふーん」

津原は黙りこみ、紙コップをいっきに呷った。血の気のない顔がいっそう白くなった。痩せた細い肩だけがぐいっと仲子のほうに向き直った。

じっと仲子に目を据えると、津原の舌鋒はヒートアップしはじめた。

「おい、オノブ、お前はほんまにしょうもないヤツやな。なんで田之倉と一緒に居るんや。しょうもない。田之倉みたいなヤツのどこがええんや。言うてみい。しょうもない。オノブはアホや、あほんだら……」

仲子は田之倉と顔を見合わせた。また始まったと田之倉が目顔で言っている。

「おい、田之倉、君もな、ノブコみたいなしょうもない女と別れてしまえ。アホめ。ほんまに、二人ともしょうもないあほんだらや」

「わかった。わかった。津原、ちょっと飲みすぎたんとちがうか。そろそろお開きにしよか……」

三人前用意した花見弁当の二つは大部分食べ終わっているが、津原のはまだほとんど手がつけられていない。津原はただただ飲んでいるだけだった。

「もう、どいつもこいつもアホタレじゃ。アホタレ！　どあほ！　あほんだら！」

ピクニックシートの上にぐたりとなって呂律の怪しくなった津原が大声で罵りつづける。

罵詈雑言のおおかたは伸子に向かって吐かれている。伸子は飛んでくるつぶての炎に灼かれて黒こげになっていた。

酔いつぶれた津原を田之倉が負ぶって運び、大手門を出たところでタクシーを拾った。駅前で伸子だけ降りてバスで帰ることにし、田之倉はそのままタクシーで津原を自宅まで送った。

津原はほんとうに泥酔して正体をなくしていたのだろうかと、ふと伸子は思った。どうもそうではないような気もしていたのである。なぜ？　と問われても伸子には応えようがなかったけれども……。

津原の酒癖の悪さは、いろんなエピソードを伴って伸子の耳にも届いていたが、現実に目の当たりにしてみると堪ったものではなかった。あっちこっちでトラブルを起こしては顰蹙を買っているらしいというわさも、むべなるかな、であった。

津原はずっと独身だったわけではない。三十代の半ばに一度結婚式を挙げている。友人たちの大方は結婚して家庭を持ち子どもも生まれたりしているのに、いつまでもその気にならず独りで気儘にしている津原を案じた長兄が見合い話を持ってきた。津原は別にそれを拒みもしなかったようで、話は進み、結納式、結婚式ととんとん拍子に捗って、新しい住居でめでたく新婚生活をおくる運びとなった。

新婚旅行に行ったかどうかまでは知らないが、ともかく二人水入らずの生活が始まるはずだったのだが……。津原は初めからまともに家に帰ってくることはなかったのである。何日も帰らない日が続く、帰ってきてもたいてい午前様でぐでんぐでんに酔っている。そんな日々が一か月近く続いたころ奥さんは嫁入り道具を全部置いたまま、黙って実家に逃げ帰ってしまった。

新婚早々、土足で新妻の気持ちを踏みにじるようなことをして新しい生活を木端微塵にしてしまった津原だったが、いったいどんな心境で見合いをし結婚式まで挙げたのだろう。そんなことを津原に直に訊く人はいなかっただろうから、その辺の真相は津原自身の深層に秘められたまま、今にいたるも謎である。

新妻に逃げられた後も、津原は実家に戻らずに新婚生活が始まるはずだったその新居に独りで住んでいたが、まもなく長兄と同居していた母親が越してきて一緒に住みはじめた。

不肖の子ほど可愛いという俗諺通りに、母親は、いい齢をして世間にあからさまな不始末をしでかした末子の津原を放っておけなかったのだろう。それ以来ずっと津原は母子二人暮らしであった。

津原の年齢から推してもう相当に高齢であるはずの津原の母は、以前からたいへんな読書家で、毎日のように図書館に通って新刊はいうにおよばず、誰でもがあまり読まないような種類の本まで渉猟して借り出すので図書館でも評判になっていたようである。

若い頃の津原が自ら博識を以って任じている風だったのはこのような母の影響だったのだろうか。

とにかく、仕事をする以外の日常の生活のほとんどを母親におんぶし抱っこしてもらいながら、津原は気随気儘に生きていた。

傍から見る人が見れば、謂われるところのいわゆる母子密着、母子共依存の典型的なものだったのかも……。

四月のお城の花見の一件以来、津原はよく電話をしてくるようになった。たいていは夜も遅くにである。しかも素面ではない。そして、いつも同じパタンで始まり終わる。田之倉が電話に出る。しばらくして伸子に代わる。ネチネチと絡みつく。攻撃が始まる。やがてアホ、バカ、つぶてが飛んでくる。つぶては伸子の人格といわず能力といわず、伸子の存在のあらゆる部分に向けて所かまわず投げつけられる。堪らなくなって電話を切ろうとすると、切らないでノブコチャンと哀願しはじめる。それの繰り返し。

津原の電話は伸子に取り次がないで、と何度頼んでも田之倉は取り次ぐ。

「そんなことできるわけないだろ。日付が代わろうとしている時間なんだぞ。家に居らんとは言えんだろう」

「もう寝てると言えばいいでしょうが……」

「まだ、目、ぱっちり開けてるのんわかってるのに……、そんな嘘、よう吐かんわ」

そうなのである。気の小さい田之倉はその程度の嘘さえ気が咎めるらしい。田之倉にとっては、夜中の酔っぱらった津原の電話に出ることは、伸子ほど苦にならないということなのだろう。

近頃では、酔った津原の罵詈雑言に慣れっこになってしまい、ちょっとやそっとでは痛くも痒くもなくなっているのだが、ただ、夜半の急襲だけはどうにも堪らない。

「ノブコチャン、元気にしとるか。おれな、いま、おふくろの飯作っとるんやで」

田之倉から代わって電話に出ると、いきなり津原の真っ当な声が響いてきた。

「あらあまあ、津原さんがご飯を作るなんて……。どうした風の吹き回しかしら。お母さん、どこかお加減がお悪いんですか」

「そやねん。それでおれ、毎日、おふくろの飯を作っとるんや。三度、三度やで。えらいやろ、おれ。ノブコチャン、褒めてくれてもエエで……」

「いやあ、ほんとですね。津原さん、親孝行です」

「そやろ。それにな、おれ、今、飲んでへんのやで」

津原は勿論伸子より年上である。定年退職した田之倉よりも二歳年上である。その津原がまるで子どものように、母親に食事を作っていることを自分のテガラとして、伸子に褒めてもらいたがっている。それも素面で。なぜか伸子は、その子どもっぽさを、微笑ましい、可愛らしいというような単純な気持ちでは受け止められなかった。

電話の向こうで当たり前の声で喋っている津原の、仲子には見えない表情を探りたくなるような、漠然とした不安が仲子に兆した。

それは、密着しすぎた、あるいは依存しあう関係の、バランスが崩れて一方に傾かざるを得なくなった時に必然的に起こる不安の連鎖を、仲子が無意識に感受したのかも知れない。

「津原さん、お仕事もあるでしょう。お母さんをお大事になさって、津原さんもお疲れが出ないようにしてくださいね」

「そうや。でもな、おれは頑張っとるんやど……」

いつにない津原の縋るような声の響きが仲子の耳の奥で尾を引いていた。

何時だったか、風を引いて咽喉をひどく痛めていたときのこと、酔っぱらった津原の夜半の長電話に業を煮やした仲子が咽喉が痛いからもう話せないと思わず言ってしまったことがある。

翌々日、津原からぷっくりした封筒が届いた。開けてみると小さな瓶にペースト状のものが詰めてある。メモが添えられていて、咽喉の痛みによく効くおふくろ手製の薬だとある。なーんだか、津原の知らない側面に触れたようでふしぎな気分になったものだ。

今も冷蔵庫の隅に置いたままになっているその薬のことをふと思いながら、仲子は素直に津原に声援をおくりたい気分になっていた。

以来、津原からの夜中の電話はぱたりと途絶えた。

「津原も、もうええ歳やから、そう無茶飲みはできへんようになったんだろ。ええこっちゃ」

「そうよねえ。あんな状態がいつまでも続くようなら寿命を縮めるの、目に見えているもん」

「あの時、酒、飲んでない、言うとっただろ。ほんまに飲んでない感じだったもんな」

「そうそう。ことばの調子が昔の津原さんみたいだったもん。飲んでるときと、全然違っていた」

「ともかく、これをきっかけに飲まんとおれるようになったらしめたもんや」

「ほんと、ほんと」

田之倉と仲子は、津原からの夜半の酔っぱらい電話が途絶えたのにほっとしながら、それが津原の禁酒か断酒の兆しであればいいがと密かに期待してもいた。

鍋が美味しくなる季節だった。

夜更け枕許の電話が鳴った。伸子が出ると津原からだった。

酔っている。ぐでんぐでんに酔っている。

田之倉に代わりながら伝えた。

「お母さんが亡くなられてもう四十九日も済んだそうよ」

知らなかった。誰からも知らせてこなかったから、たぶん友人達も知らないのでは。

独りでいるとつい酒に手が伸びてまた飲みだしたという。その日も朝からずっと飲んでいて今も飲んでいるらしい。禁酒はしていたのか、いなかったのか、元の木阿弥になってしまっている。

とにかく、一度会いたいという。今回は断る理由がない。中心部の繁華街からすこし離れた小料理屋風のちんまりした店で、鍋をつつく約束をした。津原はそこの馴染客でなにかと融通が利くらしく平日の三時に待ち合わせた。

陽が眩しい昼下がり、まだ新しい木の香が残る格子戸を開けると、座敷の奥まった辺りの卓に津原が座っている。

田之倉と伸子に気づくと口を歪めて薄く笑った。

「おう、早かったんやな」田之倉が声をかけた。

「ほいや。もうだいぶん前に着いてしもたんやが」

「こんにちは、お元気でしたか」挨拶しながら伸子は気がついた。ああ、もうかなりきこしめしてござるな。後が思いやられる……と。

昼食に定食を食べにくる客達もいなくなり、忙しい時間帯だけ働くパートの女性もどこかへ消えて、カウンター内にはママ一人が立っている。

九州の知り合いから直接取り寄せているという馬刺しが美味で伸子も来るとたいてい頼む。

ママはH市の隣市の出身だから、どんな知り合いかは知らないが。とにかく美味。九州旅行をした時に初めて食べた馬刺しの味が忘れられなかった伸子としては何とも素敵な店との出会いだったのである。

伸子の知り合いに鶏肉がどうしても食べられない人や牛肉が食べられない人がいる。鶏肉が食べられない人は、小学校の低学年の時に学校への登下校の途中にある鶏肉屋の店頭に絞め殺されて首をちょん切られ、羽を毟られた鶏が何羽も吊るされているのを目撃していたからだという。いまどき珍しいが、牛肉がどうしても食べられない人は牛肉を見ると、生きた牛がギョロリと目をむいて口からよだれを垂らしている姿が浮かんで気分が悪くなるらしい。

仲子も実のところ、牛肉は大好きなのに、牛タンはどうしても食べられない。牛の舌と聞いただけで、牛がべろりと大きな厚い舌を見せた時の、あの暗紫色でざらざらと白っぽく唾液でべたべたの巨大なものが目の先に浮かんできて気分が悪くなる。

馬刺しは、阿蘇の草千里を駆け回っている馬を想像したりしてかえって気分がすっきりするし、屠殺場面を想像したとしても、違和感なく食べられる。視床下部のどんな作用のなせる不思議なのだろう。

ママは五十歳は過ぎていると思われるが、ちょっと見、三十過ぎにしか見えない。色白で純日本風のどちらかといえば古風な顔立ちだが整った目鼻立ちが市松人形のようにくっきりとしていて思わず見惚れてしまう美しいひとである。

地元の県立高校を出て市役所に長く勤めていたそうだが、職場結婚して子どもが二人生まれたところで退職して専業主婦になった。その間に書道を習い、そのうち、小、中学生相手に書道教室を開いて教え始め、以来ずっと教室を続けている。俳句も嗜んでいるそう。

ママ自身もあちこちの書道展に出品しているらしい。いつだったか、案内のしおりをもらったことがある。

どんな経緯で津原がママの店の馴染になったのかは知らないが、田之倉と伸子は、ママと同じ市出身の友人と一緒にたまたま来たのがきっかけだった。


平日の午後三時というのはこの種の店では中途半端な時間帯であるらしく他に客はいなかった。津原が特別に予約しておいたということで三人だけの貸切である。

大皿に盛られた豪勢な具材が運ばれてきたが、津原も田之倉も当然のように素知らぬ顔で座ったまま。料理が苦手な伸子は勝手に自分の好みに添って煮たのだが素材が上等なのでとても美味だった。夕食にはまだ早過ぎる中途半端な時間なのに田之倉と伸子はどんどん箸が進んだ。

津原は飲んでばかりで鍋に手を出さない。勧めても、うん、まあまあ、ぼつぼつ、などと、言うだけ。せっかく伸子が適当に取り分けて津原の前に置いてもまったく箸をつけない。そのうちに冷えてしまう。また熱々のを取り分けて勧めるがそのまま冷えるだけ。そのくせ杯だけは手放さない。

けっこう強引に誘っておきながら田之倉にも仲子にも好きなように飲んでくれと言うだけで、杯を勧めることはない。自分は独酌で飲む。卓上にお銚子が林立する。田之倉の顔がぽっと赤くなり口が滑り出す。仲子も上機嫌になってくる。が、津原の顔は白く青ざめたまま、いつになく無口である。いつもならそろそろ始まっているねちっこい絡みも、アホ、バカ、しょうもない、の連発もない。

「今日の津原さん、どうしたんだろう。静かやわ」

「ほんまやな、いつもとちょっと違う感じやな」

「まあ、そやけどな、もうそろそろ始まるかも知れへんで」

「ほんま、ほんま」

仲子と田之倉は目顔で合図する。。

「津原さん、鍋、美味しいですよ。すこし召し上がったら」

仲子がまた勧めてみる。

「うん、わかっとる。食べるよ」

応じるだけでまったく箸をつけない。

津原の前には仲子が取り分けた器が冷えて並んでいる。

「飲むだけでは……、何か召し上がらないと……」

「わかっとるがな。欲しいなったら食うがな。おれはな、目の前に並んどらんと癪に障るけどな。並んどったらそれでええんや。欲しいなったら食う」

白けた仲子は思わずちょいと意地悪な気分になって津原を挑発した。

「津原さん、『へべ』ってご存知ですわね」

「『へべ』？　知らんな。何じゃ、それ」

「津原さんみたいに博識な方でもご存知ないことがあるんですね」

「オノブ、それ、皮肉か」

「いえいえ、すこし驚いただけです」

「それで、その『へべ』というのんはいったい何やねん」

「ほんとにご存知ないんですか？」

「知らん言うとるやろ」津原がすこし苛ついてきた。

気配を察した田之倉が、目顔で仲子を制止するが、時や遅し。言い出した仲子ももう引っ込みがつかなくなっている。

田之倉の無言の制止を振りきって言いつのる。

「『へベ』というのは確かギリシア神話の中の青春の女神じゃなかったかしら」

「それがどないしたちゅうんや」

「いえいえ。それとね、『へべ』にはもう一つ、ゼウスから仰せつかった役目があったんです」

「オノブ、おまえ、何を勿体つけとんのや。しょうもない。はよ言わんかい」

いつもなら、こんなときは酔った津原の罵詈雑言に曝されているのだが、今は違う。

伸子は内心、ほくそ笑む思いで若干嗜虐気味に言った。

「それはですね、今の津原さんのような人にぴったりの役目なんです」

「今のおれにぴったりやと。どんな役目なんじゃや。青春の女神たらが他にどんな役目を仰せつかってるというううんじゃい。もうまどろっこしいな。はよ、言うてみいや」

津原が焦れている。

「『へべ』の女神のもう一つの役目っていうのはですね、お酒のお酌をすることなんです」

わざとゆっくりていねいに言いながら、伸子は津原の視線を窺った。

「何じゃい、そんなことか。しょうもない。アホらし……」

口元を歪めて吐き捨てると、津原は黙った。

「何かで読んだような気がするんですけどね、『へべ』がお酌をする、というのをギリシア語ではへべレケって言うらしんです。へべレケに酔うとか酔ってへべレケになったとか言うでしょう。あのへべレケって、このギリシア語のへべレケが語源なんですって」

「しょうもない。ほんならおれ、今、へべレケや言いたいんかい。おれはまだ酔うてへんがな」

津原が絡んでくる。田之倉が伸子に目配せしながら言う。

「もう、そのくらいで止めたらどうや」

「はいはい、わかりました。もう止めます」

伸子が応じると、すかさず津原が切り返した。

「おい、ノブコ、はい、は一回でええんや」

それまでの劣勢を跳ね返すかのように、ユーモアのひとかけらも無い高飛車な言いざまだった。

伸子はとんがった。津原さん、今、あなたにノブコなんて気安く呼び捨てにされるいわれはございませんよ。

まだ帰らないと言い張る津原をひとり残して、勘定を済ませ田之倉と仲子が店を出たのは七時過ぎである。外はもう真っ暗だった。

三人で四時間近くも店に居たことになる。その間、津原はずっと杯を手にしつづけていたが酒の他には何も口にしていない。津原の予約していた豪奢な鍋を存分に賞味したのは結局、田之倉と仲子のふたりだった。

四時間ほども飲みつづけたのに、その日の津原は別れるまでいつもの過激な罵詈雑言を吐かなかった。ときどき皮肉な嫌味を呟くように言いはしたが、白い暗鬱な顔で寡黙に飲みつづけただけだった。拍子抜けがするほどだった。

ひとり店に残ってまだ飲みつづけるつもりなのだろうか。『へべ』の女神とふと出遭って運命的に結びついてしまった津原は、何十年もの間に二度や三度、いや何度となく、抜け出す出口を求めたに違いない。それなのに、今では身も心も丸ごと『へべ』のレケに捧げている。

へべレケになって『へべ』のなすがままになることで生きていることを確かめてでも

いるのだろうか。

今日の津原の顔にはあからさまな生傷があった。田之倉も気づいていたはずなのに何も言わなかった。伸子も、なぜかどうしたんですかと、気軽に問いそびれてしまって気づかぬふりをしていた。

額の右側からこめかみの辺りにかけてまだ治りきらない擦り傷の痕が数か所残っていた。傷が治るまで待ちきれなかった津原の、『へべ』に絡めとられて身動きできなくなってしまった胸の裡などを探りつつ、埒もないことをちらちら考えていると、わけもなく鼻の奥がつんとしてきた。

伸子は一言、田之倉に言った。

「津原さん、今日、いやにおとなしかったわね。どうしたんだろう」

「さあな」

田之倉も独り残ってまだ飲んでいる津原に思いを馳せているに違いなかった。

津原の心境の変化がどのようなものだったのかはわからない。あれ以後、田之倉には時折電話があったが、伸子に代わってくれとは言わなくなった。伸子はほっとしたが、同時に何とはない寂しさも覚えた。

津原からの電話に伸子が出てもすぐに田之倉に代わってくれと言う。それは、津原が伸子に対してスイッチをもう完全にオフにしたことの証明のようでもあった。

田之倉にも電話はかけてきたが、一緒に飲もうとは言わなくなった。

久し振りに津原と飲むからな、と言って田之倉が出かけたのはいつだったか。

津原に誘われれば夜の九時より早く帰ったことのない田之倉がその日は八時過ぎにもう帰ってきた。

「どうだった？　津原さん、元気だった？」

「まあな」

伸子の問いに田之倉は曖昧に応じた。

「今日も二人だけだったの？」

「うん、そうだろうと思って行ったんやけどな。山村が来とったんや」

山村というのは津原の隣町に住んでいる共通の友人である。あまり飲まない人なので、同好の集まり以外では一緒に飲むことはほとんどない。珍しくその友人が一緒だったという。

「津原からは山村が来るとは聞いとらんかったけど。まあ久し振りだったからな、山村とも」

「へえ、山村さんがねえ。お元気でした？」

「元気、元気。それにな、津原は今日も顔に怪我しとったぞ。前に三人で鍋食べただろ。あの時も顔に怪我の痕が残っとっただろ。今日のは前よりもっとひどかったぞ」

「へえ、どうしたんだろう」

「家の玄関口で転んだと言うとったけどな。ようわからん」

「それで、津原さん、今日もだいぶん飲んだの？」

「うん、いやな、それがあんまり飲まなかったんや。山村はもともとあんまり飲まんからな。おれだけ飲むわけにもいかんだろ」

「まあ、そうかもね」

三人でちびちび飲んで七時半ごろに店を出て、いつものように電車の駅まで歩こうということになったのだが、どうしたのか津原が普通に歩けない。歩幅がとれないらしく歩き始めの赤ん坊のようにヨチヨチ小刻みにしか歩けない。足も真っ直ぐに前に出せなくて八の字型にチョコチョコ歩くのでなかなか前に進めない。とても駅までは歩けそうにない。

タクシーを呼んだ。電車に乗るのは津原と山村で、田之倉はバスで帰るのだがバスターミナルが隣接しているので電車の駅まで一緒に乗った。

駅に着いてタクシーを降りたところで津原がうつ伏せに転倒した。顔から血が噴き出している。

田之倉は傍のコンビニに走って絆創膏を買ってきて津原に手渡そうとしたが、津原は手で払いのけた。

「こんなもん要らん。大袈裟に……。ティッシュで拭いたらしまいやがな」

そう言うと、まだ血が滲んでいる顔を背けて山村に支えられながら改札を出ていった。

絆創膏は山村に渡した。山村は改札口で一度振り返り目顔で別れた。

山村が一緒でよかった。田之倉はほっとしてバスターミナルへ急いだ。


津原が入院したらしいと、山村から連絡があったのはそれから間もなくだった。あの時の津原はだれが見てもやはり尋常ではなかった。詳しいことは山村も知らないらしく、どんな経緯でどこが悪くて入院することになったのか、何もわからなかったが。ともかく津原が入院したのだけは確かなようだった。

予期しない津原の入院にショックを覚えながらも、伸子はやはり来るべきものが来たか、との思いだった。

田之倉が見舞いに行くと、津原は六人部屋の一番奥のベッドに横になっていた。細い体がまたいちだんと細くなったようでときどき小さく咳をしている。

「具合はどう?」

小声で問うと、

「検査、検査でな。さっきも検査に行っとったんや」

そう言いながら、津原は訊きもしないのに、頭の中にできものができとるらしいが手術は無理みたいだと他人事のように話した。

二言三言、話しているうちに、ちょっと失礼、と言って立ち上がると病室を出ていった。

津原の座っていた辺りのシーツに黄色い染みがある。付いたばかりにみえるそれと同じものが脱ぎ捨てられたガウンの裾にも付いている。傍のくずかごに、汚れを拭ったティッシュが嵩になって放り込まれている。

見てはならないものを目にしてしまったようで、落ち着かなくなった田之倉は、津原が戻ってくるのを待って早々に病室を出た。

「大事にな、また来るから……」

「おう、君もな」

病室の入口で握手をして別れた。

一か月ほどしてまた田之倉は見舞いに行くと言ったが、田之倉から様子を聞いていた伸子は、津原に会うのがつらくて一緒に行くのを見合わせた。

病室に行くと津原はいなかった。一階の入院受付で訊くと退院したとのこと。自宅に戻ったかどうかを確かめると、他の病院に転院したという。転院先はプライバシーに関わるから教えられない。知りたければ身内に直接訊いてほしいということだった。

津原の身内といえば長兄のことは聞いたことがあるが、会ったり、話したりしたことはない。わざわざ転院先を訊くのは気が重い。そのうち機会があればと思っていたところに山村から電話があった。

津原の転院先を知らないかと問うものだった。

田之倉にも津原の容態や転院の経緯などまったくわからなかったので、山村と二人で長兄宅を訪ねた。

長兄の話によると、津原の容態ははかばかしくないようで独り住まいだった住居もすでに引き払い、長兄宅が連絡先になっているという。津原には戻る家がなくなっていた。病院から出ることはもうないということなのだろうか……。

転院先を訊き、一度会いたいと申し出ると、長兄は最初しぶる様子だったが、津原とは長い付き合いだから是非とも一度ということで了承してもらった。


山村の車で病院に向かった。

のどかな景観が広がる見晴らしのよい大きな川の岸の傍にこぢんまりとした四階建ての灰色の建物があった。

津原が入院している診療科目が一つだけの専門病院である。

本館の受付で面会を申し出ると、患者の家族の承諾が要るというので承諾は得ていると言ったが、係りの目の前で確認する規則だということで、山村が長兄に電話して事情を話しあらためて長兄から受付に電話を入れてもらった。それを係りが確認するという面倒な手続きが済むと口頭で病棟を教えられた。目と鼻の先だった。

病棟の入口を入ると狭くて薄暗く、エレベーターの横に受付があり、前の壁に病棟の見取り図と案内板が貼ってある。

受付で面会を申し込むと、規定の用紙に記入させられ、本館の受付に確認の電話をするから待てという。薄暗い殺風景な場所に立って待っていると、確認できたからエレベーターの前で待ってくれ、看護師が来て案内するという。

エレベーターで降りてきた中年の看護師に案内されてエレベーターで三階まで行くと、目の前に腰高窓のある看護師詰所があった。横のドアの鍵を開けて二人を入れると看護師は鍵を閉めた。目の前にまたドアがあり、また鍵を開けて中へ二人を案内すると再び鍵を掛けた。詰所の正面にフローリングの広間があり、テレビが一台置いてある。そこに、数十人の患者らしい人達が思い思いにたむろしてテレビを視たり、しゃべったりしている。

案内の看護師は広間と反対の奥まった小部屋に案内すると「面会室です。ここでお待ちください。すぐに呼んできますから」と病室の方に消えた。

面会室の前で待っていると、看護師に支えられるようにして津原がやってきた。真っ直ぐに歩けないらしい。のろのろよたよたしている。

面会が終わったら詰所まで知らせてくださいと告げて看護師が出て行くと、三人はテーブルを挟んで座った。

「歯が悪うてな、普通の食事ができんのや。それでお粥を食うとるんや」

津原は言ったが、思ったより顔もふっくらとして元気そうだった。

「みかん持ってきたんやけど、食べるか？」

「うん」

山村がビニール袋からいくつか取り出してテーブルに置き一つ剥いて津原に差し出した。

「噛まれへんから吸うだけや」

そう言いながら、津原は好物のみかんを一片ずつ口に入れてちょっともぐっとするとそのまま飲み込んでしまう。半分ほど食べると残りをテーブルに置いた。

「いや、うまかった」

好きなみかんも一個全部は食べられなかった。

「ここの病院はな、みんなようしてくれるんでええわ」

津原の口許にきっとしたプライドの片鱗が浮かんだ。

山村は当たり障りのない四方山話をしていたが、田之倉はなかなかことばが見つからなかった。

面会が終わると津原はまた看護師に支えられながら病室へ戻っていった。一度も振り返らなかった。

しばらくしてもう一度津原に会いたいと長兄に連絡を入れたが、病状が進んでいるので身内以外は面会謝絶にしていると断られた。

気にはなったがどうすることもできない。消息を知る手立てのないまま田之倉と仲子はときおり思い出したように津原のことを話題にしていた。

それっきりになって一年近くが過ぎたころ、突然、津原の訃報が届いた。山村からだった。津原にどうしても連絡しなければならないことがあって長兄に連絡したところ亡くなっているのがわかったという。田之倉達が二度目の面会を断られてまもなくだったらしい。

田之倉は山村と一緒に遅ればせの弔問に長兄宅を訪ねた。容態ははかばかしくはなかったが、それでも、よもやの突然の死だったという。長兄の話を聞きながら、津原が大きな総合病院から診療科目が一つの専門病院に転院した経緯などが田之倉にもおぼろげながら推察できた。

田之倉は仏壇の津原の遺影に合掌した。

津原、君が亡くなっていたことを知らなかったよ。転院してからは一度会ったきりだったしな。あれからそう日を置かず君は逝っていたんだ。知らなかったよ。こんなかたちでふたたび君にまみえるなんぞ、一週間前には夢にも思っていなかったよ……。

その晩、田之倉と伸子はしこたま飲んだ。


その日は朝から雨が降っていた。降りしきるというほどではなかったが、たぶん一日中降り止まないだろうと思わせる低く垂れこめた雲の流れだった。

「わざわざ雨の中を出かけることもないじゃないか、明日にしたらどうや」

まったく、田之倉の言う通りだった。今日出かけなければならない理由などどこにもない。

けれども、伸子はこだわった。

「いやあ、今日行きたい気分なのよ。悪いけど付き合って」

「今日は一日止まへんで。何で今日やないとあかんのや」

「どうしても……。今日、行きたいのよ。こんな雨くらいどうってことないでしょう」

「おれ、行きたいないで。こんな雨の中、嫌じゃ」

「そうですか、わかりました。じゃ、私独りで行きます。紙じゃないんだから、この程度の雨では溶けません。どうぞ、ご心配なく」

伸子はそう言うと田之倉の反応をもう確かめないで二階の自室へ駆け上がった。田之倉の性分からして、一緒に行くだろうことはわかりきっていたから……。


最寄の駅で電車を降りた時、雨は止んでいた。タクシーで行けばすぐなのだそうだが、伸子は、町中の路線バスが通るメイン道路を往かずに川沿いの土手道を歩いてみたかった。その道はすごく遠くてしんどいからと、ここでもまた田之倉は渋ったが、伸子はかまわず歩くことにした。

川岸の草が萌え出て緑色のじゅうたんが帯のように広がってつづいている。その土手沿いの遊歩道を歩いていると両脇に植えられた桜の満開の花びらからときどき雫が落ちてくる。そのたびに、田之倉が舌打ちする。

「満開の桜を愛でながら目的地に行けるなんて……、何て素敵なの。雫の一滴や二滴、落ちてきたってどうってことないじゃない」

上機嫌で伸子が嘯くと、田之倉が機嫌の悪い顔でぼやく。

「気持ちが悪いがな。これやからタクシーにしようと言うたやろ。まだまだ遠いいんやで」

「いいじゃない。別に急くわけじゃなし……。ゆっくり歩いて行けば……」

「タクシーだったらもう疾うに着いとる」

田之倉はまだぼやいている。

「もう、風流を解さない人間はほんに度し難し」

伸子は、田之倉を一撃するとわざと足早になった。田之倉はしぶしぶ随いてくる。

遊歩道の尽きたところに町中から上ってくる土手沿いの道路があった。一日に三往復ほどする路線バスの停留所の標識が立っている。歩道もない簡易舗装のその土手沿いの道路を歩いているると雨が降り出した。

「ズボンの裾が濡れてしまうがな。肩にも雨がかかるし。タクシーにしようと言うたやろ」

諦めの悪い田之倉がまたぼやく。伸子は無言で歩く。人はまったく通らない。車も滅多に通らない。狭い道路を端に寄りすぎると雨に揺れている道端の雑草に靴を汚されそうで、道路の中ほどを歩いていると、乗用車が一台後ろから来た。慌てて右端に避けたが、遠慮のない泥しぶきを上げて通り過ぎた。田之倉のズボンにバシャっと泥水がかかり、伸子の靴下がびしょびしょになった。急いで道端に避けたので濡れた雑草に触れて靴もぐっしょり。これ以上言いようのないほどけっこうな状態になった。雨足が強くなり傘をさしていてもずぶ濡れを覚悟しながら二人は無言で歩きつづけた。

やがて、雨に煙る土手の斜面にそれらしい灰色の建物が見えてきた。建物の手前で道が二つに分かれている。町中に通じる方を下るとすぐに目指す建物の前に出た。

雨天だからだろうか、平日なのに構内の駐車場には車が一台あるだけで人の気配がまったくない。田之倉と伸子は無断で目の前の四階建ての病棟に向かった。

病棟の入口で中から出てきた女医さんとばったり出遭ったが、目礼を交わしただけで誰何はされなかった。

中に入ると薄暗くエレベーターの横の受付も無人のようにしんとしている。奥の壁に沿って普段使われていない非常階段らしいものがある。狭い殺風景な空間が寂漠のなかに静止して、生きて動くものの気配はなかった。

仲子はエレベーターの前に立った。

「これで病室に上がるんやね」

「そうや」
二、三分居ただけだったが雰囲気を知るには十分だった。
「帰ろう」仲子が言った。

「うん」田之倉が応じた。

帰りはもう歩く気にはならなかった。

歩いてきたときはあれほど遠かった道が、帰りのタクシーではあっという間に駅に着いた。

待合室のベンチに座って電車を待つている間、仲子は、さっき後にしたばかりの病院の佇まいを思い起こしていた。静まりかえった病棟の入口にあった病室の見取り図と案内板……。そこまでしか行くことができなかった薄暗いエレベーターの前辺り……。

そして、あらためて津原に思いを廻らせた。

鍵の掛かった三階の閉鎖病棟で、病んだ津原は終日どのように時間と向き合っていたのだろう。自分と対話するのは苦痛だったろうに……。

広間で他の人達と交わることもなく、来る日も来る日も天井を見上げて……、あるいは壁に向かって……。自分と向き合うしかなかったおびただしい時間の連続……。

カタチのある檻のなかで、カタチにならない病んだ自分に向き合って、誇り高い津原は、きちんと覚醒していたのだろうか。それとも……、過ぎていく時間のまにまにすべてをなりゆきのままに受容しながら、漂うているだけだったのだろうか。

若々しい自信に満ちたかつての津原が現れて消えた。ついで、衰弱した最晩年の津原が現れ、消えた。

ひとはだれでも、何かに依存しながら、支えられながら、いつか赴かねばならない彼の地に、ときに思いを致しながらも、忘れたふりをしたり、ときどき思い出したりはするけれども、おおかたは忘れてしまって、己の時間を生きている。

ミネルヴァの梟が夜に目覚めて闇の空に飛び立つように、津原もまた、どうしても決別できなかった『へべ』の手のなかで、ピチャピチャ跳ねながら、かつての海を自在に泳ぎつづけて、知らぬ間に視野からこぼれ、田之倉や伸子に黙ったまま、彼の地に去ってしまったのか……。

「津原さん、そちらでのお酒の味はいかがですか」

伸子は見えない津原に問いかけた。

「オノブ、なにをしょうもないこと考えとるんじゃ。お前はほんまにアホじゃなあ」

耳の奥で津原の声がした。

「もうすぐ電車が来るで」田之倉が急きたてた。

「はい、はい」

伸子はベンチから腰を上げた……。

夜のカスパー

佐保子は則夫が初めてクラスに入ってきた時のことを今でも忘れることができない。

二校時の始まりのチャイムが鳴って生徒たちが席に着き、そろそろ授業が始まろうというときだった。

袖口が黒く汚れた黄色いトレーナーを着て、紺色のズボンの裾を紐でくくり、煤けた黒い顔にかすかに青年の名残りをとどめている男が、裏が破れてはみ出したスリッパをつっかけて、音も立てずにドアを開けると、目を伏せたままおずおずと後ろの隅の席に座った。

則夫なのだろうか。

佐保子は初めて見る則夫を目の隅で追いながら、これほどの印象とは思っていなかった。

則夫は汚いカバンを開けて筆記用具を取りだすと机の上に並べた。

筆箱は言うにいわれぬ年代物だった。

赤黒く錆びたブリキ製であちこちが凹んで曲がっている。開け閉めにだいぶコツがいりそうだ。

中にはちびた鉛筆が二、三本入っている。

ノートはルーズリーフ式のもの一冊だけだった。

佐保子は、則夫のほうに視線を向けると声をかけた。

「則夫さんですか」

「……」

声が聞こえない。

「則夫さんですね」

「はい」

蚊の鳴くようなかすかな声が漏れた。

則夫は仕事の都合で一校時目の授業には間に合わないと聞いている、今年で二年目を迎える夜間中学の聴講生である。

聴講生といっても特別な手続きが要るわけではない。卒業してからも学力がまだ十分でないので続けて学校に来たいと申し出ればよい。

だいたい、夜間中学そのものが義務教育には存在するはずがない存在なのであるが、現実には存在する、いわば制度のはざまの鬼っ子である。

東京、大阪、兵庫、広島ほかの都市部に集中している。

佐保子は二年越しの希望がやっとかなって、今年四月に、この夜間中学に国語教師として赴任した。

中学教師になって二十五年が経っていた。

夜間中学は驚きの連続だった。

十六歳から七十七歳までの生徒がいる。

国籍もさまざま。日本人のほかに、韓国、朝鮮、中国、台湾、香港、ブラジルなど。

学歴もさまざま。一度も学校教育を受けたことがない人から母国の大学中退まで。

義務教育であるから、中卒以上は原則として入学できないが、さまざまな現実に対応するために便宜的に聴講生制度というのが設けられている。

制度などといえば大袈裟だが、教育委員会の裁量で許可できる非公式なものである。

建前はあくまで学力の補充。

卒業はしたが、まだ学力が十分ではなく、本人が勉強を続けたいと強く希望する場合に限って、一年乃至二年間の在学延長が認められるというものである。


クラス編成は、学年別ではなく学力別になっていて全部で五学級ある。

佐保子の学級は、上から二番目に高い学力のクラスである。

英語を勉強したくて入学してきた七十歳の仏具師の男性、有名企業を定年退職した六十五歳の男性、沖縄出身の六十三歳の女性は、共に小学校の高等科を卒業している。

九州の離島出身で五十代後半の女性二人は家庭の事情で中学校を中退している。そのほかに韓国・朝鮮の六十代の女性四人は日本の小学校教育は受けている。

だから、読んだり、書いたり、読解したりする基礎学力にはそうバラツキはない。

それに、生徒全員が佐保子よりずっと年上で、世の中の酸いも甘いも苦いも辛いも十分に経験しながら生き抜いてきた人生のヴェテランぞろいである。

そんな生徒たちを前にして、最初、佐保子は戸惑った。

それまでずっと相手にしてきたのは十三歳から十五歳の学齢期の生徒たちである。面談や家庭訪問で会う保護者だってもっと若い。

今までの生徒たちのほぼ祖父母の年齢にあたる人たちがここでは生徒である。

気がつくと佐保子は、敬語をつかって授業をしていた。当たり前といえば当たり前であるけれども……。

人生の大先輩にたいして無意識に敬意をはらっていたのだろう。


則夫だけが変わり種だった。

聴講生も二年目だということで、佐保子のクラスに編入されたのだが、何から何まで異色だった。

先ず、学力が異常に低い。

ちょっとした漢字、熟語がほとんど読めない。

音読の順番がきて、読めない漢字があると小さな空咳を何回も繰り返すばかりでウンともスンとも言わない。

一行読むのに四回も五回も空咳を繰り返し、空咳のオンパレードになる。他の生徒たちは黙って辛抱強くなりゆきを見守っているが、佐保子がたまらない。則夫の番になると漢字はすべて口移しで読ませることにしてみたのだが、今度は佐保子自身が落ち着かない。

こんなことをして何の意味があるんだろうと自己嫌悪に陥った。則夫は佐保子のクラスに所属しているのだから、一年間は面倒をみる義務と責任がある。

この変わり種とどう付き合っていけばいいんだろう……。佐保子は、頭の芯を錐で突かれるような気分になって、教師としてはあるまじきことを密かに願ったりもした。

則夫は聴講生なんだから、無理をして出席しなくてもいいんじゃないか。学校に来るのに飽きればいいのに……などと。

そんなことを密かに願っている佐保子の心中など知るはずもない則夫は、二校時目が始まるころになると、いつもの汚い黄色のジャンパーに裾を紐でくくった紺色のズボン姿で、破れかけたスリッパをつっかけて、音もなく入ってくる。

何か別のやり方を早く捻り出さなければ、則夫にたいする嫌悪感がほんものになりそうで佐保子はこわかった。

窮余の一策、則夫の分だけ一週間分の教科書をコピーすると漢字にはすべて読み仮名をつけて佐保子は則夫に渡した。

「おれ、仕事からまっすぐ学校へ来るんや。勉強するヒマなんかあらへん」

目を伏せたまま蚊の鳴くような声で訴える。

何とも乱暴な言葉遣いである。

「学校から帰ってから寝るまでの間にちょっとぐらい時間があるでしょう」

「帰ったらすぐ飯食うて、風呂入って洗濯せなあかんのや」

「洗濯は洗濯機がしてくれるでしょうが」

「いいや。おれが風呂場で全部するんや」

「あなた、洗濯もの全部風呂場で手で洗うの？」

「そうや」

「仕事着やそのジャンパーも手洗いするの？」

「そうや」

「お母さん、いらっしゃらないの？」

「おるで。せやけどしてくれへんもん」

「ふーん」

佐保子は、則夫と初めて二言、三言しゃべったのだが、何かとてもふしぎな気分になった。

「じゃ、勉強するヒマを見つけましょう」

「あらへん言うてるやろ」

「だから見つけるのよ」

ずっと目を伏せたままだった則夫が、初めて顔を上げて佐保子を見た。

「あなた、お昼休みはどうしてるの？」

「みんなと一緒に弁当食うてる」

「お弁当食べた後で休憩するでしょう」

「するで」

「どんなことしてるの」

「みんなは一緒にしゃべってるけど、おれはひとりや」

「ひとりで何してるの？」

「そこらへんの木や花に水やったりしてる」

「そんならね、その時に、私が渡した教科書のプリントをその日の分だけ毎日五回読んでみてください」

「……」

則夫は当惑したような目を佐保子に向けた。

「あのね、毎日一日分のプリントを仕事着のポケットに入れておいてね、昼休みにそれを五回読む。絶対五回読むこと。約束してくださいね」

則夫は返事をしなかった。

返事などしなくてもいい。やってみる気になってくれたらシメタもんだと淡い期待をする一方で、現にこうなんだからやっぱりダメかも……、とも思った。


則夫にちょっとした変化が見えてきた。

一校時目が国語の日だけは、すこし遅れるがかならず授業に出席するようになった。教科書にふりがな付きのコピーをはさんでおいて読めばいいので、読むのが苦痛でなくなってきたせいか声もいくぶんはっきりしてきた。

佐保子は空咳をしなくなった則夫にほっとしたが、それでもまだ俯き加減に目を伏せて、佐保子と視線が合うのを避けいるように見える。そのくせ、佐保子が他の人に話しかけたり、背中を向けたりすると、上目づかいにちらちらと佐保子を窺う気配がする。

生徒たちの間でも、則夫はまったくの異分子だった。

二校時目からしか出席できないし、年齢も一人だけ離れて若い。若いといっても三十八歳であるが……。

学力が低すぎるうえに風采のみすぼらしさがそれに輪をかけている。

人生のヴェテランぞろいであるクラスの人たちは、口に出したり、露骨に態度で示したりは一切しないのだが、なんとなく則夫を軽んじているようであり、憐れんでいる風にも見えた。

則夫が国語の時間だけは一校時目から出席するようになると、一校時終了後の給食をクラスでみんなと一緒に食べられるようになった。

週に二回ほどでもそうしているうちに、ふしぎなもので、則夫を取り巻く雰囲気がだんだん変わってきた。

他の生徒たちにとって、則夫は息子か孫ぐらいの年齢である。心安くなると年の功でけっこう遠慮のない口ぶりで話しかける。

則夫も、そんな雰囲気に包まれているうちに、ぽつぽつしゃべるようになった。

いわゆる三K（きつい、きたない、きけん）といわれる職場で朝早くから遅くまで働き、そのまま仕事場から自転車で三十分ちかくかけて登校してくる則夫にとっても、自分の両親かそれよりもまだ年上のクラスメートに親しくされてほっと心が休まるのだろう。

則夫は一日も休まずにやってきた。

雨の日も、風の日も、腹の痛い日も、鼻水の出る日も、休まずにやってきた。

たとえ槍が降ろうとも、則夫はやってくるのではないかと思えるほどだった。

学校へ来るということが、則夫の行動パターンに強固に固着しているらしかった。

梅雨のじとじとする日だった。

いつものように、佐保子は、始業前の準備をするために二階の自分のクラスへ上がっていった。

まだ生徒が登校してくるには早い時間だった。

教室の前まで来ると、佐保子は、廊下の窓越しに外を眺めた。すぐ目の先まで枝を伸ばしたポプラの葉が梅雨の霧雨に濡れそぼっている。

「今日もまた一日中鬱陶しい天気だわ」

独りごとを言いながらドアを開けると、則夫がいる。

則夫は、教室中の机の雑巾がけをしている。

佐保子はびっくりした。

「どうしたの？　こんなに早く」

「今日から仕事を終うのが早うなったんで」

則夫は、口の中でもぐもぐと低い声で応える。

「そう、よかったね。じゃ、これからは毎日ちゃんと一校時目から学校に来られるわね」

則夫は返事をする代わりに小さく頷いた。

「きれいに掃除してくれているね。ありがとう」

佐保子が、授業以外で則夫に話しかけるのはこれが二度目である。一度目はふりがなを付けた教科書のコピーを渡した時だった。

クラスではみんなに慣れてかなり親しくなっているようだったが、佐保子に対しては、まだ、話しかけられるのを怖がっているような感じだったので、なかなか話しかけるきっかけがなかった。

「どんな仕事をしているの？」

三K職場だとクラスで雑談しているときに誰かが言っているのを聞いたが、仕事の内容までは知らない。

佐保子は、汚れた袖口から出ている則夫の手を見た。

激しい肉体労働を窺わせる爪の間が真っ黒になったごつごつと節くれだった手や指だった。

「兄貴のとこで働いている」

「ずっとお兄さんの所なの？」

「はい」

則夫は、机を拭き終わると雑巾バケツを提げて手洗い場へ出ていった。

佐保子は、きれいになった教卓に肘をついて則夫が戻ってくるのを待った。

則夫は、雑巾バケツをピカピカに磨いて戻ってくると、その中からきれいに洗って固くしぼった雑巾を雑巾干しに一枚ずつ丁寧に並べていく。終わると、自分の席にそっと腰を下ろすと佐保子を見てはにかんだような笑みを浮かべた。

「お兄さん、どんな仕事をしてらっしゃるの？」

「K鉄工の下請け」

「たくさん人を使っていらっしゃるの」

「身内ばっかり五人」

「そう。そのお兄さん、一番上なの？」

「兄貴いうてもほんまの兄貴やない。姉貴の婿さんや」

「じゃ、あなたは兄弟で何番目なの？」

「長男。姉貴がいるけど、男で一番上や」

「弟さんは何人いるの?」

「二人」

「そう」

佐保子は則夫とずいぶんしゃべった気になっていた。

「もう、ぼつぼつみんなが来る時間ね。じゃ」

佐保子は、そう言うと教室を出た。

階段を降りながら、則夫のぼさぼさ髪と煤を被ったようなずず黒い顔を思い浮かべていた。

そういえば、さっきはちゃんと私の顔を見ていたな。

ともかく、毎日遅れずに登校できるようになったのはよかった。

それにしても、どうしてあれほど身なりに無頓着なんだろう。義兄の所とはいえ、毎日外へ働きに行っているというのに……。

どんな酷い仕事をしているのか知らないが、もうすこしマシな格好ができないものか。

せめて、ちゃんと洗濯したものを身に着けて学校には来てほしい。

三十八歳にもなったいい大人なんだから……。

次の日も則夫は早くやってきて、教室中を掃除していた。隅から隅まできれいに拭いて整頓して、教室は見違えるようになっている。

「きれいになったね。隅から隅まで」

言いながら佐保子は、ピカピカに拭いてある黒板を背にして椅子に座った。

則夫は、教卓からもっとも離れた後ろの隅の自分の席に行くとそっと腰を下ろした。

生徒の座席は生徒が座りたい場所に座ればいいので、則夫はそこを自分で選んでいる。

すこし内股に歩いていくその様子を見ているうちに、佐保子は、則夫が意外になよなよしているのに気づいた。

「仕事、何時に終わるの？」

「四時」

「じゃ、一度、家に帰るんでしょう」

「はい」

「仕事する時は作業服なんでしょう」

「はい」

「仕事に行く時はその服装なの？」

「はい」

佐保子は、袖口と襟が垢で黒く汚れている則夫のシャツを眺めながらまた口にした。

「あなた、風呂場で夜自分で洗濯すると言ってたでしょう。どうして洗濯機を使わないの？」

「洗濯機つこたらやかましいもん」

「だって、作業服なんか手で洗うの大変でしょう」

「もう、なれとる」

「やかましくても洗濯機だったらラクに洗えるでしょうが」

「夜中にやかましいわいうて怒られるもん」

「誰に？」

「おやじやおかんにや」

ショックだった。

学校から帰って遅い夕飯をした後、終い風呂に入って残り湯でシャツや作業服を洗っている則夫の姿を思い浮かべた。

佐保子は、目の前にいる則夫の薄汚れたみすぼらしい肩の辺りに漂うているものに視線を泳がせた。

「そろそろみんなが来る時間ね。じゃ」

階段を降りながら、則夫の煤けた黒い顔が、昨日までとはすこし違う印象になっていた。

それは、人が生きる営みのどこかずっと深いところからじわっとやってきて、佐保子が置き忘れていたものを呼び覚ました。

風もないのにかすかに揺れている細いさみしげな糸が一本佐保子の目の前にすうっと垂れてきた。


翌日、佐保子がクラスへ行くと掃除はきれいに終わっていた。

「今日も早いね」

言いながら佐保子の視線は、教材の入った窓際のロッカーの上で留まった。

昨日まで何もなかったはずなのに、小さなシャボテンの寄せ植え鉢が置いてある。

「あのシャボテン、かわいいね。誰が置いたのかな」

佐保子が呟くと、則夫がにこっとして言った。

「それ、おれが持ってきた」

「ありがとう。みんな喜ぶわよ」

「来がけに駅前で買うてきた」

「ああ、そういえば今日、駅前の露店でいろんなのたくさん売ってたわね」


佐保子はバスで通勤している。

最寄の停留所で降りて学校まで七、八分歩く。

いつもは私鉄のガード下を通り抜けるのだが、ときどき回り道をして駅前商店街をぶらつく。

その日もちょっと買いたい物があったので駅前を通ったのだった。

則夫はいつも駅前を通ってやってくる。

佐保子は教卓に肘をついたままシャボテンを見ていた。

親指ほどの小さい緑色の胴体に小さな赤や黄色のまるいシャボテンが帽子のように乗

つかっている。

「どうしてこのシャボテンを買う気になったの？」

「なんやしらんきれいやったんで」

「ああそう。あなた、草や木が好きなの？」

「はい」

「それじゃ、家にも鉢植えを置いてるの」

「はい」

「毎日の水やり、大変でしょう」

「朝、仕事に行く前にやる」

「何時に家を出るの？」

「六時半」

「へえ、そんなに早く」

「はい」

教室に佐保子と二人だけでも、則夫は自分から話しかけたり、質問したりはしない。佐保子が口を利かないかぎり、いつまでも黙ったままでいる。

佐保子が問いかけると答えるだけで、相互の会話というものが成立しない。

それに、何より佐保子が気にかかるのは、則夫の話法の奇妙さだった。

則夫はかならず「はい」と返事をする。そのくせ、言葉遣いは驚くほどぞんざいである。

則夫自身がその不自然さにまったく気づいていないのが佐保子には解せなかった。


則夫は三十八歳である。

佐保子が今まで一度も出会ったことがない三十八歳だった。

生活年齢三十八歳の則夫が漂わせている雰囲気は、単に学力の低さだけに由来しているのではないように佐保子には思えてきた。

聴講生二年目の則夫はもう来年はここでは学べない。

せめてもうすこし読み書きと人間関係の常識を学ばせることができないものか。

佐保子のお節介心が頭をもたげた。

どうしたものかと思案した末に、小学校低学年の漢字の読み書きから始めることにした。

則夫用のプリントを手作りしていると、一人の教師が近寄ってきた。

この夜間中学に十年いて、則夫を三年間教え、名実ともに夜間中学の顔であると自他ともに認めていて、周囲からも一目も二目も置かれている佐保子よりずっと年上の女性教師である。

彼女の盛名は、知らぬものがないほどに市内に鳴り響き、その実力と実績は並ぶものがないと噂されている。

その教師が、佐保子の手許を見ながら小声で囁いた。

「佐保子さん、ちょっと話があるから……」

そう言うと、彼女はさっさと職員室を出て行き、人気のない廊下の隅に佐保子を呼んだ。

「佐保子さん、あんた、則夫が精薄やいうこと知っとるやろ」

「……」

佐保子が答えあぐねていると、続けて言った。

「あんた、則夫になんぼ一生懸命やったって何にもならへんで。無駄や。枯れ木に水やるようなもんやからね。やめとき」

「わかりました。どうも」

佐保子は、なんと返事していいのか、咄嗟に判断できなかったので、とりあえずそう応えた。

けれども心のどこかが激しく波打っていた。

胸を衝くしらじらしいものが底のほうからこみ上げてきた。

正体を見せた枯れ尾花が空っ風に吹かれている……。

その教師が、今までとは別人のように見えてきて、佐保子から遠ざかった。

佐保子は、職員室の自分の席に戻ると、則夫のためのプリントの続きを書いた。

俯いて鉛筆を動かしているうなじの辺りに、その教師の強い視線をはっきりと感じながら……。


則夫が一足先にやってきて教室を掃除するようになってから、佐保子のクラスはすこしずつ趣を変えていった。

則夫が、自分の家からいろんな鉢植えをつぎつぎに自転車に積んで運んできてはクラスに置いたからである。ついでに霧吹きやら液体肥料なども運んできた。

空き机やロッカーの上は季節の花でいっぱいになった。

花が終わると持ち帰り、また、別のものを運んでくる。

そのうち、佐保子は気がついた。

則夫の服装がこざっぱりするようになったのである。袖口や襟もこれまでより清潔になった。

「則夫さん、この頃、おしゃれになったね」

佐保子がちょっと揶揄するように言うと、則夫は大真面目に応える。

「おれ、服、ぎょうさん持ってるもん」

「ああそう、それならどんどんおしゃれにならないとね」

「金、もろたら、服ばっかり買うとった」

「そう」

「今は、花の鉢植え買うんが好きや」

「水やりや手入れが大変でしょう」

「おれ、毎日、会社のんもやってるもん」

「へえ、会社のもやってるの」

「誰もせいへんさかい、花がかわいそう。おれがやってる」

「いつ、やるの」

「午前中の一服の時や」

休憩時にも、仕事仲間たちと外れてひとり草花に水をやっている則夫の姿が、教室の鉢植えの植物たちの点景のように縮こまって、佐保子の目の先に浮かんだ。

佐保子はふと思った。

則夫は他人と対等にしゃべったことがないのではないか。いや、自由にしゃべることさえあまり体験していないのではないか。常に、指示され、命令されるばかりではなかったのか。

佐保子は気づいた。

ぞんざいで乱暴な言葉遣いしか知らない則夫が、返事をするときだけはいつも「はい」と言う。その「解」にやっと行き着いた気がした。

そうなのだ。則夫のこれまでの人生は「はい」の一語の連続であったに違いない。

初めて佐保子のクラスに入ってきたときの則夫の様子が、はっきりと理解できた。

せめて、普通に日常会話ができるようにならないものか。それにしても、則夫はいったいどんな三十八年間を生きてきたのだろう。

佐保子は、自分がすこしずつ則夫に深入りしていくのを感じていた。


梅雨が明けて夜になってもむしむしと暑く、窓を全開して大型の扇風機を二台つけっぱなしにして、授業をする季節になった。

校庭の夾竹桃が勢いよく枝葉を伸ばして桃色の花をいっぱいつけている。

則夫はクラスの雰囲気にだんだん慣れ、慣れてみれば、意外に人懐こい面も見えてきて、クラスの人たちとわりとしゃべるようになっていた。

そんなある日のこと、則夫はアルバムを一冊持ってきた。小学校の卒業記念アルバムである。

あれこれしゃべりながら見ている輪の中へ佐保子も入った。

古ぼけてはいるが、大切に保存して繰り返しページをめくった形跡があるものだった。幼い顔が行儀よく並んだページをめくっているうちに、佐保子は思ってもみなかった幼顔とつぎつぎに出合ったのである。

そこに記された児童の名前の多くは、佐保子のかつての教え子たちだった。驚いてアルバムの表紙を見た。

それは、佐保子が新任で赴任して初めて担任した中学校の校区内にある小学校だった。よくよく眺めてみると、記憶のなかの教え子たちの面影がそれぞれの幼顔にちゃんと残っている。

佐保子は、則夫の横で澄ましている幼顔を見て言った。

「へえ、則夫さん、六年生の時、健太郎くんと同じクラスだったんだ」

健太郎は、中学校三年間のうち二年間が佐保子のクラスだったし、クラスが代わっても教科はずっと担当した、とても印象的な生徒だった。

当時、その中学校は一学年が十五クラスもあり、三年間同じ学年を担当しても、学級担任はもちろんのこと、教科担任が三年間ずっと同じというのは偶然とはいえ稀なことだった。

健太郎は、県立高校から有名私立大学の建築科を出て、家業の建設業を継ぎ、経営の規模を着実に拡げて業績を上げ、今では地域で名の知れた会社に成長を遂げている。

それに、青年会議所の中枢メンバーとしても活躍している。

「せんせい、なんで健太郎知っとるん」

「中学の時、ずっと担任だったからね」


佐保子のなかで見る間に時間が遡及して、二十六年前の新入生のクラス分けの場面に戻った。

思い出した。思い出した……。

あの時、小学校からきた学籍簿の中にどうしても所在がわからない新入生が一人いた。

一応、クラスには振り分けたが、小学校に問い合わせても要領を得ないし、担任に決まった教師が何度も家庭訪問をしたが転居してしまっていて、家もどこかわからずじまいだった。

そうだった。そうだった。あの生徒の名前は確か……。

あれが、則夫だったのだ。

二十六年間を跨いで今、目の前に則夫がいる……。

佐保子に言いようのないふしぎな時間が流れていた。

その夜の授業が終わり、生徒たちが帰ってしまった教室はしんとしていつものしじまに戻っている。

さすがにこの時刻になると窓から入ってくる夜気も涼しくて快い。

佐保子は明るい蛍光灯の下に独り座って則夫のことを考えていた。

二十六年前、ひょっとして自分が担任することになったかも知れない則夫を、二十六年後の今、この夜間中学のこの教室で担任しているめぐり合わせの不可思議について。

五年前、三十三歳で、この夜間中学にたどり着くまで、則夫はどこでどうしていたのだろう。

佐保子は立ち上がると暗い中庭に面した窓から外を見た。明るい室内から眺める暗い中庭はいっそう暗く、あらゆるものが濃い闇のなかに沈んでいた。

いつものように戸締りをしてゆっくり階段を降りた。

勤務時間は午後九時までである。

おおかたの教師は、車で通勤している。自転車の一人と佐保子を除いた三人は電車である。

バスで通勤している佐保子は、一時間に二、三本しかないバスの乗車時刻に合わせて学校を出る。

バスの停留所は私鉄の駅とは方向が違うので、同僚と一杯飲みにいくような時以外はたいてい独りで帰る。

佐保子が帰り支度を始めるころに職員室に残っているのは管理職と市職の校務員だけのことが多い。

佐保子はいつもの時刻に通用門に向かった。

まだ消灯していない校庭は明るく煌々としている。

周囲に植えられたポプラやケヤキやヒマラヤ杉の高樹に混じってそこここに点在する

夾竹桃の一群だけが、その勢いのよい繁茂のゆえに光の背後に漆黒の闇を蔵している。

通用門の脇に植えられた夾竹桃の繁みの辺りまで歩いてきたとき、繁みの後ろの暗がりに何かが動く気配がした。

佐保子は一瞬、びくっとして急いで通り過ぎようとした。小走りになって通用門を出ようとしたとき、聞きなれた遠慮がちな声がした。

「せんせい」

振返ると、則夫がいつもの気弱なかぼそい様子で照れ笑いをしながら夾竹桃の背後の闇から姿を現した。

「ああ、びっくりした。こんな時間まで……。こんな所でどうしたの」

「せんせい、待ってたんや」

「こんな所に隠れて待たなくてもいいのに」

佐保子は、あまりに突然の予期せぬ出来事にむっとした。

「早く行かないとバスに乗り遅れるから……」

言いながら歩調を速めた。

「何か用があるの？」

「ちょっと話したいことがあるねん」

則夫は歩いてついてくる。

「あんた、自転車はどうしたの？」

「あそこ曲がったとこに置いてる。取ってくる」

そう言うと急いで駆け出した。

佐保子の気持ちなどてんで頓着していない、子供のような明るい声だった。

今までの則夫からは想像もできないことだった。

則夫はすぐに自転車に乗って戻ってきた。

「あんたには遠回りになるけれど……。どうしても話したいことがあるんなら、バス停まで歩きながら聞いてあげる」

則夫は、心底うれしそうな顔をした。

自転車を押しながら佐保子の右側をくっつくように歩く。

則夫の息が佐保子の頬にかかりそうだった。

「則夫さん、私の左側に回りなさいよ。そのほうが話しやすいから」

則夫は黙って直ぐに佐保子の左側に回った。

自転車をはさんで二人は並んで歩いた。

「話って何？」

佐保子が尋ねると、則夫は低い声で口ごもりながら言う。

「おれのアルバムのことや」

「あんたのアルバムって？」

はは－ん、今日持ってきていたあれのことだな。私が則夫の同級生だった教え子たちに興味を示したものだから、何か言いたくてわざわざ待っていたのかと、得心したが、佐保子は疲れてすこし意地悪になっていた。

「それがどうしたの？」

「せんせい、健太郎のこと、知っとったやろ」

「中学校の教え子だもの」

「健太郎、今ごろどないしとるやろな」

則夫は、半分、独りごとのように懐かしそうな声で呟いた。

「そうよね。どうしてるかな」

佐保子は則夫に健太郎の近況など伝える気にはなれない。小学校六年生の教室での二人の様子が手に取るようにわかるからである。

まぶしかった健太郎がいっそうまぶしくなって、則夫の知らないところで今輝いている。

則夫は、まぶしかった健太郎を通して、無意識に佐保子に近づこうとしているのだろうか。

佐保子は、自分の傍を歩いている則夫のすこし前屈みになった背中の辺りに目を遣っているうちに、やさしい気持ちに立ち返った。

「小学校の時も今みたいに休まずに学校に行ってたの？」

則夫の答えは思いもよらないものだった。

「おれ、小学校二年生からあんまり学校へ行ってへん」

「ええっ、どうして？」

「おれ、あんまり勉強わからへんかったもん」

「ああ、それじゃ、学校へ行くのが嫌だったんだね」

「いいや、おやじが行くな言うたんや」

「どうしてなの」

佐保子は呆れた。

「学校へ行ったらいじめられるて、おやじが言うたんや」

「それまで学校でいじめられてたの？」

「いや、ようわからん」

「学校へ行かないで、家で何してたの？」

「弟の世話や掃除や洗濯しとった」

「へえ、小学校二年生から……」

佐保子はわけがわからなくなってきた。

則夫の両親の気持ちや考えが理解できなかった。

則夫が嘘を吐いているようには見えなかったし、またそんな必要もない。

バス停までついてきて、佐保子がバスに乗りこむまでそこを離れなかった。

バスが動きだすと則夫はすごいスピードで自転車を漕いで走り去った。

佐保子は、バスの窓越しにそんな則夫を見ていた。

またすこし則夫の印象が変わった。

変わった分だけ謎が増えた。

雨の日も風の日も、則夫は夾竹桃の暗がりで佐保子の帰るのを待った。バス停までの七、八分を、佐保子と並んで歩きながらしゃべりたいからである。会議などで佐保子の帰りが遅くなっても待っている。

いつも決まった暗がりから自転車を押しながら現れる。佐保子が同僚たちと一緒だと暗がりに隠れたまま姿を見せない。

則夫が隠れているなんて誰も気づくはずがない。

素知らぬ顔をして通り過ぎる佐保子を、闇に潜んでじっと見つめながら則夫はがっくりしているにちがいない。それから無駄になった時間をとり返すために全速力でペダルを漕ぐのだろう。

しんどい時、佐保子はこの手を使うことにした。

わずか七、八分であっても、佐保子には則夫としゃべりながら歩くのがとても負担になることがある。

そんな日が三日も続くと、佐保子はまた則夫に対してすこしやさしい気持ちになってくる。則夫はまたバス停まで自転車を押してついてくる。

夏休みになった。

一週間続いた補習授業も終わり、やっとワープロやプリンターから解放されて、家でだらだら過ごせる時間が増えた。

佐保子は、独りでだらだら過ごす時間が大好きである。

ヴェランダを這う数匹の蟻を三十分ほども観察したり、公園の木陰のベンチに腰を下ろして、カラスの群れを一時間も眺めていたりする。

ときどき渡る木陰の微風が、むっとする真夏の熱気をかきまぜながら、汗ばんだうなじの辺りを抜けるとき、佐保子は自分が公園を這う一匹のカブトムシになって、真夏の樹木と交わるのを体感する。

陽盛りの一刻、虫も樹木も鳥たちも、佐保子のまわりで佐保子と同化して一体になる……。

そういえば、あの時の体験が昨日のことのように鮮明によみがえる……。

六月の信州路。新緑の白樺林や落葉松林を通っていたときだった。

突如、何とも表現しようのない衝動が全身に満ちてきて、佐保子の体はばらばらと溶けて白樺や落葉松に絡みつき纏わりついて、まるで白樺や落葉松と交わっているような気分になった。すごい快感だった。

佐保子のどこかで長いながい時間をかけて鎮めていたものが、制御できなくなって一気に息を吹き返し、間歇泉のように激しい勢いで噴き出したのかもしれない。

こんな時、佐保子は、ありふれた佐保子の日常から姿を消してしまっている。

日常の言葉も忘れてしまっている。

日常を忘れるところから佐保子の世界の扉はひらく。

一定の制限時間内ではあるけれども、佐保子は、佐保子だけの世界にゆったりとたゆたいながら、溶けてぐにゃぐにゃになっていく。そしてまた、ゆるゆると凝っていつもの日常の佐保子に戻る。

けれども、いきなり、わしづかみに日常に引き戻されることがある。

そんな時、佐保子はむちゃくちゃ機嫌が悪くなる。

どんなに機嫌が悪くなっても、言葉を忘れているから怒りは言葉にはならない。

煮えて膨らんだ不機嫌の袋の隅っこをちょこっと開けて言葉をとり戻しながら、佐保子だけの世界からまたいつもの日常に戻ってくる。

こんなことができるのも、自分の時間が比較的自由になる夏休みだからこそ……。

佐保子が、夏休みのこんな時間を愉しんでいると、突然、則夫から電話がかかってきた。

夏休み中の連絡網があるから、誰でも佐保子の電話番号は知っている。

公衆電話からのようで、雑多な物音に混じって車の行き交う音がうるさい。

受話器には要領を得ない則夫の声がくどくどと続く。

自分だけの世界から現実に引き戻されて、佐保子はむちゃくちゃ機嫌が悪い。

「いったい何が言いたいの？」

いらいらして大きな声になる。

「せんせい、コーヒー飲みに行こう。おれ、今日月給日や。おごるで」

則夫は、ようやく電話をしてきた目的を口にした。

「そんなこと、急に言われてもね……」

佐保子は困惑した。

はっきり言って行きたくなかった。

則夫はしつこく、懇願するような口調でねばりにねばる。

とり立てて予定もなかったし、則夫のねばりに根負けして佐保子はとうとう承諾した。

「じゃ、行きましょう。どこの喫茶店へ？」

どこでもいい、佐保子の都合のよいところへ出かけると言うので、則夫にわかりやすい国道沿いの店を選んで、仕事が終わった則夫が自転車で駆けつけられる時刻を指定した。

気が重かった。嫌だった。

則夫とふたり、喫茶店で向き合ってコーヒーを飲み、何を話すというのか。

三十八歳のよれよれの則夫が、四十九歳の佐保子とテーブルをはさんでコーヒーを飲んでいる図を想像しただけで、気分が悪くなった。

勝手に、いきなり、佐保子のプライベート空間に侵入してきた則夫が腹立たしかった。

則夫のねばりにほだされて、つい承諾してしまった自分の軽率さに臍を噛んだ。

約束の時刻が近づくにつれて、佐保子はだんだん憂鬱になってきた。

身支度をする気にもならず、普段着のままサンダルをつっかけてバスに乗った。

則夫は先に来て、入口のドアの脇で待っていた。

気持ちの沈んでいる佐保子とは対照的に、則夫は、うきうきしている。

薄暗い店内はがらんとしてお客の姿はない。それでも佐保子は、できるだけ目立たない場所を目で探して、カウンターから最も離れた隅のシートに腰を下ろした。

コーヒーが運ばれてきて則夫が砂糖壺に手を伸ばしたとき佐保子は気がついた。

則夫の手が清潔で、いつもは爪の間に頑固にこびりついている真っ黒な汚れがない。きっと何回も何回もていねいに洗ったのだろう。

佐保子は黙ってコーヒーカップを手にとった。

則夫は、よほど嬉しいのだろう、見苦しいほどそわそわしている。はしゃぎ過ぎだ。今日は金輪際、こちらから話してなんかやるものか。そっちから話しかけてごらん。

佐保子は黙っていた。

則夫は、上目づかいにちらちら佐保子を窺っていたが、佐保子が黙ったままなのでちょっと不安そうな様子を見せはじめた。

それでも佐保子は、素知らぬ顔で意地悪く黙っていた。

そのうち、もじもじしていた則夫が意を決したように、鞄の中から黄変して破れかけた古い封筒を取りだすと、中味をテーブルの上に置いた。

セピア色に退色した一枚の写真だった。

「これ、おれのおかはんや」

生活に疲れた感じの若い女の人が、和服姿で椅子に座って二歳ぐらいの裸の男児を抱いている。

「この男の子、おれや」

佐保子は写真を手にしながら言った。

「古い写真ね。もうすこし新しいのはないの？」

「これ、一枚だけや。おれのおかはん、おれが二つの時に死んでしもた」

「えっ、それじゃ、今のお母さんは……」

佐保子は口から出かかった言葉を慌てて飲みこんだ。

「今のお母さんになったのはあなたが何歳の時？」

「よう知らんけど……、死んでじきちゃうか」

「すぐ下の弟さんとはいくつ違うの」

「四つ違いや」

則夫は、話し始めた。

一言、二言、ぽつん、ぽつんと、佐保子の反応を窺いながらしゃべっているようだったが、佐保子が聞いているのがわかると安心したのか、まるで心の赴くままにという風にしゃべった。

すこし吃り加減の則夫が、つっかえつっかえ、胸の内に溜まったものを不器用に吐き出しているのを、佐保子は黙って聞いていた。

いろんなことを初めて知った。

ひどい難産で生まれたので、頭が悪くなった。

仕事場では、義兄にいつも口汚く罵られているのに、それを知っていながら、実の姉がすこしもかばってくれない。

末の弟は東京の大学を出て教師になり、最近、職場結婚して家を出た。

家は中古の建売りで、則夫が独りでローンを払っている。

末の弟が同居していた時は、二階の南向き六畳の一番いい部屋を使っていた。今は両親と則夫の三人暮らしで、弟が使っていた部屋は空いているのに、自分は今でも一日中陽の差さない北側の四畳半にそのままいる。

父親はボケがきて言葉も不自由になり、ずっと家にいるので、夕食は則夫が作って食べさせている。

母親は、週に三、四回、病院で雑役のような仕事をしている。

日曜日は、一日中父親の面倒をみるので外へ出かけて遊べない。もうずっと、正月を自分の家でゆっくり過ごしたことがない。年末になると死んだ母親の実家に行かされる。祖父母も伯父夫婦も死んでいないし、あまり親しくもない従兄弟の家で、正月の三が日を過ごすのはつらい。

自分の家なのに、自分だけを除け者にして、結婚して家を出て行った姉や弟たちが家族を連れてみんなで集まって、正月を楽しく過ごしているかと思うと腹が立つ。

自分は長男であるのに、今まで何一つ相談事のなかに入れてもらったことがない。家族の誰もが知っていることを、自分だけ知らないことがいっぱいある。

定時制高校を出て、大きな会社に就職している四つ違いの弟だけが、ときどき、仕事用の道具なんかをくれて親切にしてくれる。

小学校の時、学校にも行かず、外にも出ずに家に閉じこもって、弟の世話や掃除や洗濯や食事を作ったり、そんなことばっかりしていたので手仕事が好きになった。

ほんとうは仕立て屋になりたかった。

自分で勝手に考えて作ったのれんがあるので、今度、学校へ持っていく。

今、一番つらいのは、朝飯がパンとコーヒーだけなので腹が減ってたまらんこと。飯と味噌汁を腹いっぱい食って仕事に出かけたい。


則夫がしゃべっている間、佐保子は、則夫の顔を見ていなかった。冷たくなったコーヒーやテーブルのそこここを見つめていた。

ずいぶん時間が経ったように思われた。

突然、則夫が悲鳴のような声を出した。

「おれ、おかはんに抱いてもろたこと、おぼえてへん」

「当たり前でしょう。二歳だったんだから……」

言いながら、佐保子は、目を上げて則夫を見た。

則夫の顔はくしゃくしゃになっている。

「おれ、おかはんに抱いてもろたこと。おぼえてへん」

則夫は泣きながら繰り返す。

「おれ、だれにも抱いてもろたこと、あらへん」

則夫はそう言うと、声を上げて泣きだした。

そのうち、気持ちが激してくるのかだんだん大声になってもう辺りかまわずといった声でおいおいわああわあと泣きつづける。

顔を俯けもしないで、佐保子の目の前で、三十八歳の則夫が、顔中を涙でぐしゃぐしゃにして幼子のような声を上げて泣いている。

手の施しようがなかった。

佐保子は、バッグからまだ使っていないハンカチを取り出し、黙って則夫に差しだした。

パンドラの匣が開いた瞬間だった。

二学期が始まった。

相変わらず則夫は帰りのバス停までついてくる。

佐保子は、則夫の学習方法を変えてみようと思った。

わかってもわからなくても、毎日の学習は、教室だけで完結させ、補習プリントは与えない。

代わりに、夜、日記を書くことを義務づけ、翌日必ずチェックする。

週に一度、月曜日に六百字の作文を提出させる。

佐保子の提案に、則夫は戸惑いしぶったが、佐保子は容赦しなかった。


則夫の日記は、佐保子の予想をはるかに超えるものだった。

初めから終わりまで、ほとんどひらがなだけで書かれていて、助詞の使い方も間違いだらけだった。おまけに、「ら行」と「だ行」が混乱している。

例えば、「かだら（からだ）」「そうれす（そうです）」「うろん（うどん）」などのように。

「ら行」と「だ行」の混乱は、方言の影響で、一部の地方出身者にもまま見られる現象だが、則夫の場合は、方言の影響などではないのは明らかである。

日記は、読むだけにして、訂正の朱筆は入れないことにした。朱筆だらけのスタートでは則夫の気力を殺ぐだけだから。間違いだらけでもよい。則夫が、その日の出来事を表現できればそれだけでよい。

一つだけ条件を付けた。

毎日、五つ以上は漢字を使うこと。わからなければ辞書を引いて調べる。

則夫は、もちろん辞書など持っていないし、引き方も知らなかった。

佐保子は、小学校用のものを貸し与え、一応の調べ方を教えた。

月曜日に、則夫は、一回目の作文を提出した。

とにもかくにも、六百のマス目は埋まっている。

漢字もかなり使われていたが、当て字だらけだった。

内容は、初めから問う気はなかったが、則夫が何を書くかには興味があった。

佐保子は、作文には思いっきり朱筆を入れた。

則夫の鉛筆書きの幼い文字が、朱筆のはざまであっぷあっぷしている。

佐保子は新しい原稿用紙を与えて、もう一度正しく清書するよう求めた。

日記は、一日も途切れることなく続いて、則夫自身の生活にようやく取り込まれるようなった。

もともとプライベートなものである日記は、書くことが軌道にのった時点で、佐保子は読むのをやめた。ときどき、続けているかどうかだけをチェックした。

作文は、すこしずつ条件を厳しくしていった。

六百字が千字になる頃、則夫はそれなりに辞書を引いて漢字が書けるようになったが、まだまだ当て字、誤用のオンパレードだった。

持っているのは、自分ではほとんど読めないテキストだけで、他の本など手にしたこともない則夫の語彙は、非常に限られたものだった。

それも、ほとんどが、日常生活のなかで、耳で聞いて覚えこんだものである。

抗生物質をコウセイブッシ、上司をボウシ、プランターをプランタンなどと言う。その他もろもろ。これらを辞書で引いて一応の漢字にしてはあるのだが……。

毎週、毎週、赤ペンで真っ赤になる則夫の作文を前にして佐保子は、どうしようもない徒労感を覚えた。

三月になった。聴講生も二年目だった則夫は夜間中学に別れを告げた。


春休みに入った三月末、則夫から電話がかかってきた。

相談したいことがあるから、どうしても会いたいと言う。

例の喫茶店で会うことにした。

則夫は、卒業式の日の一張羅のスーツを着て、真新しいセカンドバッグを小脇に抱えて待っていた。

近づくと、ヘアトニックが強く匂った。

相談したいことというのは、佐保子へのお願いだった。

四月からまた教えてほしい。学校にはもう行けないけれどどうしてもまだ勉強が続けたい。どんな方法でもいいから佐保子が夜間中学にいる間はずっと教えてほしいと懇願する。

気持ちはわかるけれども、荷が重い。

佐保子も、おいそれとは応じられない。

しかし、則夫の意欲は是として受け止めてやりたい。

則夫が、勉強を続ける意味があり、佐保子にあまり負担がかからない方法でないと長続きはしない。

いろいろと思案した結果を、佐保子は則夫に告げた。

今までどおり、日記を書く。作文も書く。佐保子の与える本を読んで、あらすじをまとめる。漢字練習帳で漢字の練習をする。毎週、金曜日にそれを学校に持ってくる。

則夫はとても喜んだ。

ほんとうにもっと勉強がしたいのだろう。

佐保子は、則夫が今も大事に持っている小学校入学の時に買ってもらった、錆びて壊れかかったブリキの筆箱を思い浮かべた。そして、その筆箱が象徴しているであろうさまざまなことを思った。


毎週、金曜日、則夫は、一週間分の課題を抱えて授業が終わるころにやってきた。

五年間も通った夜間中学には馴染んだ教師もいる。

職員室に入って、授業が空いている教師としゃべりながら佐保子の授業が終わるのを待つようになった。

則夫が来ると、佐保子をからかう同僚がいる。

「佐保子せんせい、金曜日の恋人が来ましたよ」

同僚に悪意のあろうはずもなく、冗談だとわかりきっているのに、佐保子はその言葉にかっとなる。

佐保子自身、駄洒落や冗談が大好きなくせに、いやに小綺麗にしてやってくる則夫を目の前にしてのこの冗談を佐保子は赦せない。笑って受け止めることができない。

佐保子は傷つき、はらわたが煮える。

普段の佐保子なら、こんなシチュエーションでは、にやにやしながらこう応える。

「そうですよ、羨ましいでしょう」

なのに、則夫の場合、佐保子はゆとりを失って真顔で言い返してしまう。

「冗談はよしてくださいよ」

なぜなら……、佐保子は、則夫の刷り込み行動を怖れるからである。同僚のそのちょっとした軽口が、則夫にとって危険であることを佐保子は直感しているからである。

一年が過ぎ、二年目に入った辺りから、則夫の作文が微妙に変化してきた。内容がふくらみ始め、まだまだ幼いが、視点に客観性が見え始めている。

五月の連休明けの金曜日だった。

課題を持ってきた則夫は、自転車を押しながら佐保子についてきていた。私鉄のガード下を抜けた辺りまで来た時だった。

いきなり、則夫が言った。

「せんせい、おれ、このごろ頭の中がひとつにつながった」

「えっ」

佐保子はびくっとした。

「今までは、頭の中がばらばらやった。何にも考えられへんかった。ちょっと考えただけで、頭ががんがん痛うなりよった。せやから何でも言われたことだけしとった」

「それで、今はどうなの」

「自分で段取り考えて仕事してる。そやから、仕事すんのがしんどうのうなった」

「よかったね」

「寝る前にもいろんなこと考える。考えるんがおもしろうてたまらんねん。考えてると、頭がすうっとしてくる」

「へえ、すごいね」


次の金曜日、則夫は作文に書いていた。

「僕は、今まで、怖くてちっとも前へ進めなかった。なんにもつかまるものがなかったから、前へ進むとまっ暗い深い所に落ちてしまいそうだった。けど、今は違う。やっとつかまるもんができた。僕のまわりに障子やふすまができた。それにつかまって、前へ進める。けど、まだ、あんまり力を入れたら破れそうです。早くコンクリートの壁のような固いもんにつかまりたいです」

則夫の人間開眼だった。

則夫は四十歳になっていた。

佐保子は胸が熱くなり、涙ぐんだ。

けれども、一方で、これから先、則夫の前に立ちはだかるであろう課題の重さも思った。佐保子は正直、双手を挙げては喜べなかった。

結婚して家庭を持ちたいと、則夫はしばしば漏らすようになった。

そんな則夫が恋をした。

相手は、治療に通っている歯科医院の歯科衛生士である。

交際を申し込みたいと、相談された時、佐保子は、その荒唐無稽さを嗤うことはできなかった。

体験するしかないことだったから……。

ラヴレターを書いて、歯石を取ってもらう時に渡したが、相手がいるからと断られた。

則夫の作文が、愚痴で埋まるようになった。

義兄のこと、仕事のこと、給料のこと、家庭のこと、家族のこと、結婚のことなどなど……。

毎週、毎週、愚痴と怨嗟のごった煮をどさっと届けられて佐保子はうんざりしてしまった。

則夫の課題に費やす時間もばかにはならないのに、こんなに愚痴ばっかりをいつもいつも聞かされて……、理不尽なという思いとともに、則夫に対する激しい怒りがこみ上げた。

「作文に書いて、私に訴えるだけでは、何も解決しない。思っていることを、自分で相手にはっきり言いなさい。言えないのだったら、諦めるしかないね」

もう、作文にはぜったいに愚痴や恨み言を書くな。書いたら読まないからと厳しく言い渡してから、佐保子は、『般若心経』のコピーを三部渡した。

「毎晩、日記を書き終わってから、寝る前にこれを声に出して読むといい。ありがたいお経だから、心が鎮まる。心が鎮まったら、どうしたらよいか、自分でじっくり考えなさい」

則夫はすこし顔を歪めたが、黙ってコピーを受け取った。


次の金曜日、則夫は、約束どおりの課題を持ってやってきた。

「これ、せんせいの分や」

そう言って佐保子に差し出したのは、先週の金曜日に則夫に与えた『般若心経』のコピーの一部だった。

丁寧に折り畳み、色和紙の表紙をつけてきれいな経本に仕立てている。

「コピーは三部とも、あなたにあげたのに」

「おれ二つでええねん。一つあまるからせんせいにあげる」

「きれいな経本にしたね、ありがとう。それで、毎晩、声に出して読んでる？」

「朝と晩と二回読んでる。もう一つは、仕事場でいっつもポケットに入れてる」

「ああ、それはいいね。ずっと続けていると、そのうちいいことあるかも……」

気休めを……と、内心思いながらも、佐保子は、そう言わずにはおられなかった。

間もなく、則夫は、二十年近く勤めた義兄の下を離れて、自分で探した新しい職場に替わった。

労働条件は厳しくなり、残業も増えたが、給料は二倍以上になった。

目を見張るほどのボーナスを初めて手にした。

働けば働くほど給料は増える。

職場で親しい人もできた。

定年退職して、則夫が勤めている会社に新しく入ってきたその人は、休日になると則夫を登山や寺巡りに誘って、則夫の知らないことをいろいろ教えてくれているらしい。

認知症の父が亡くなった時には則夫が喪主を務めた。

仕事をやめた継母と、二人暮らしになった。

パンとコーヒーだけの朝食が、則夫の長い間の念願だったご飯と味噌汁に代わった。

温かい弁当も毎日作ってもらえるようになった。

洗濯もしてもらえるようになった。


則夫は書く……。

「幸せって、こういうもんやとつくづく思う。怒鳴ってばかりだった継母が、いつも優しくしてくれる。僕が、何でも思ったことを、口に出して言うようになったからだと思う。

自分の家庭で、幸せを感じるって、最高やね。これで、結婚できたら、僕はもう何も言うことはない。

先生は一番好きな人です。怒らないでください」

潮時だと、佐保子は思った。

暗い深い穴の中に三十年以上も閉じこもって、たった独り、錆びて壊れたブリキの筆箱を後生大事に抱きかかえたまま、じっとうずくまって、寄る辺ない不安にさいなまれていた一人の「少年」が、抱いていたブリキの壊れた筆箱をようやく穴の底に埋め、自分の力で穴から這い出して、明るい街路へ出ていく。

街路はとうに真昼を過ぎ、陽は斜めになっているが、まだまだまぶしい。

穴を出た「少年」は、これから長い道程を独りで歩いていくしかない。

もう、すでに、四十歳に達して老眼鏡をかけている、穴から這い出したばかりの「少年」が、歩いていく道々で遭遇するであろうものを思い描くと、やりきれない気にもなる。胸も痛む。けれども、それが、穴から出てしまったものの報酬でもあるのだ。

しかし、今、佐保子の目の前に独りで立っている四十歳の「少年」は、あの〈カスパー・ハウザー〉ほどには無垢ではないはずだから……。

則夫よ。四十歳の「少年」よ。

何があろうと、生きよ。

来週、お別れだ。

注＝文中に不穏当な言葉が一つありますが、小説のため別の言葉に置き換えられません。ご理解ください。

秘密の花園

独りになりたかったので、五校時の空き時間は理科準備室に逃避した。実験器具や資料で雑然としている薄暗い部屋のなかで、明かりも点けずに机に頬杖をついたまま、桐生はぼんやりと外を見た。

グラウンドでは体育の授業らしく、生徒たちの元気な声が窓ガラスを震わせて響く。それが遠い潮騒のようになって消えると、この一週間、桐生の思念を黒焦げにして出口を塞いでいる難問に宙吊りになり、呑み込まれていく。

桐生が抱えている難問には〈解〉は一つしかない。にもかかわらず、どうにも心を決めかねて、六校時の始業のチャイムが鳴っても丸椅子に座ったままだった。

無意識にもてあそんでいる右手のボールペンが机を絶え間なく叩いている。

六校時が始まって十分は過ぎている。

そろそろ教室に行かないと教科係が呼びにやってくる。とにかく授業に行かなくては……。

「菊川に相談するしかないな」

そう思い直すと、桐生は重い腰を上げて三階にある二年三組の教室まで一気に階段を駆け上がった。

教室のドアを開けると、生徒たちは、もう教室の後部ロッカーに常備してある自習用プリントを静かにやっている。きっと教科係が指示したのだろう。

いつものことながら、どうして三組はこうも自立的なんだろうと、桐生は感心する。それに引き比べて、自分が担任している隣の四組はどうだろう。得手勝手でまとまりがなく教師の指示がなければ動けない。いやいや、教師の指示にさえちゃんと従えない。今も国語の授業中のはずなのに、てんでんばらばら傍若無人な騒々しい声が廊下中に響いている。

桐生は、クラス担任を決めるときに、四組を引き当ててしまった自分の不運を噛みしめながら、この三組の担任である高崎麻友子の顔が頭をよぎると、口のなかが急に酸っぱくなった。

ありていに言うと、桐生は高崎麻友子が嫌いである。

去年、新しく転任してきたときの第一印象からして何か虫が好かない感じだったのだが、新職員紹介の時の転任のあいさつがまた桐生には気に食わなかった。

「あんた、いったい何様のつもりだい」

桐生は、内心でぺっぺっと唾を吐きながら毒づいていた。

それなのに、学年所属が桐生と同じ三年生になった上に、隣合わせのクラスを担任することになった。

去年、三年生を担任したので、本来なら、今年は一年生所属になるところを、教科の持ち時間の都合で桐生は二年生の所属になったのだが、何ということ、高崎麻友子もまた二年生に回ったのである。

今年は、離れたクラスを担任したいものだと桐生は期待したのだが、運命の神はまたも桐生に意地悪だったらしい。去年に続いて今年もまた、高崎麻友子と隣合わせのクラスになってしまった。

もともと桐生は、何事につけ、他人と競い合ったり比べられたりするのがあまり好きではない。周りにそれほど迷惑がかからないようであれば、自分の得心するペースで何事もじっくりやりたいほうである。

桐生の見るところ、高崎麻友子は、そんな桐生とは対照的に、何事においても、かなり挑戦的というか、競争的、好戦的にみえる。

エネルギッシュに絶えず動いているので、傍にいるだけで桐生は、高崎麻友子が放つオーラのようなものに当てられてひどく疲れる。

桐生は、できるだけ目立たないところに目立たないように居りたいといつも思っているのだが、意に反して、百八十センチの長身はどこにいても目立ちやすい。

そのせいかどうか、桐生はかなり猫背である。

どちらかというと小柄な高崎麻友子が、背中をピンと伸ばして、爪先立ちでひょいひょいと飛ぶように歩いてくるのが三階の廊下の向こうに見えたりすると、桐生は、思わず階段を降りてしまうことがある。

桐生が、自分の身近にいる存在、両親や弟妹、同級生や友人といった人たちとの間に何かしら漠然とした違和感を覚えるようになったのは、小学校の五年生あたりではなかっただろうか。

同級生のやんちゃ坊主たちが、女の子にしきりにちょっかいをかけるようになり、突き飛ばしたり、憎まれ口を叩いたりしながら、女の子との接触を愉しんでいるふうなのに、桐生は、そういうことにはまったく関心が向かなかった。

それどころか、仲のいい友だちが、女の子にふざけたりするのを見ると、その女の子がひどく憎たらしくなったりした。

どうしてそうなるのか、桐生にもわからなかった。周囲とのそうした漠然とした違和感が、ときどき、桐生を不安にさせた。

あれは夏休み前のプールの日だった。

その頃から同級生たちより頭一つほど背が高く、身体もそろそろ大人への入口に近づいていた桐生は、他の同級生たちのように平気で水着に着替えるのが恥ずかしくて、視線を避けるように目立たないところで素早く着替えを済ませたのだが、同級生たちの傍若無人ぶりを、横目で見ているうちに突然、桐生は電流が脳天を貫いたように感じたのである。

自分はどこか他人と違っているんじゃないかという、そのわけのわからない不安のよってきたるところを、桐生はそのときはっきりと自覚したのである。

しかし、それに、気づいたからといって、桐生にどうすることができよう。魂の、深奥から突き上げてくる、どうしようもない強烈なエネルギー……。これを、桐生の性癖と呼んでいいのか。

絶対的な少数者として生まれついたことは、もちろん桐生の選択ではない。ましてや、それは、他人にとやかくいわれるような類のものでは決してない。

にもかかわらず、桐生は動顛し、収拾のつかない混乱に陥った。

どうして自分だけが、異質を背負って生まれついたのだろう。これからの、長い長い人生の時間を、自分は、他の人たちと違う方法で生きていかなければならないのだろうか。

この説明のつかない不条理に、桐生は、悲しみ、怒り、狼狽えて、いつ明けるとも知れぬ闇のなかで、いつ果てるとも知れぬ自問自答を繰り返した。

かりに、桐生の身体が、見せかけのやさしさやなよやかさを備えていたとしたら……。

そして、桐生自身が、自分の気持ちに正直になれたとしたら……。世間の常識とは所詮、多数者の論理なのだ。そんなものは蹴飛ばしてしまえ。自分の人生は、自分自身の掌のなかにあるんだからと、桐生が少数者であることを臆せずに表明することができていたならば、これほどのしんどさを背負うことはなかったかも知れない。

桐生は瀬戸内の海沿いの小都市を思い起こす。

そこで、教員一家の長男に生まれて、十八歳まで暮らした。

祖父は、小学校の校長を経て、永らく市の教育長を務めた市の教育功労者である。父は、県立高校の校長になり、県の校長会長も務めた見るからに謹厳実直を絵に描いたような高校教師であった。

母も小学校教師だったが、桐生が小学校三年生のときに、家事一切を任せていた祖母が亡くなったので、教師を辞めた。

こんな環境に生まれて、人口十万人足らずのこの地方都市に住んでいるかぎり、桐生にとっては、生きていくための選択肢はそう多くはなかった。

他人《ひと》には気づかれたくない秘密を抱えて、内なる葛藤と闘いつづけながら、それをおくびにも出さずに、桐生は申し分のない品行方正な優等生として中学、高校時代を過ごした。

高校生になると、同級生や下級生の女の子に熱を上げられてラブレターを貰ったり、交際を申し込まれたりするようなこともあったが、桐生は、ただ苦笑して婉曲に断るしかなかった。それでも、毎年、バレンタインデーにはいくつかのチョコレートが手紙と共に届けられた。

桐生は、それらを、仲のよい友人と分け合い、埒もないジョークを飛ばしながら朗らかに愉しんだ。

目標だった東京の大学に首尾よく合格し、いよいよこの息苦しい小都市から脱出できると思ったとき、桐生の内側で、はじめて何かがはじけた。

桐生の一番の親友は、関西の国立大学に合格していた。

大学に入学したら彼とはもうそんなに頻繁には会えなくなる。そう思うと、居ても立ってもいられなくなった桐生は、お互いの合格祝いを桐生の自室でやろうと提案した。

もうすぐ大学生なんだからとブレーキが外れて、二人は祝い酒をしこたま呑んだ。呑みなれない酒に酔ってわれを忘れた桐生は、思わず口にしてしまった。

「おれ、お前が好きなんじゃ。もうずっと、お前が好きだったんじゃ」

そう言いながら、夢中で友人を抱きしめているうちに、はずみで桐生の唇が友人の唇にかすかに触れた。

桐生に電流が奔り抜けた。

友人は、無言で立ち上がると、静かに部屋を出ていった。

その後ろ姿を目で追いながら、桐生は、もう二度と、友人は自分の前には姿を現さないだろうと、絶望的に確信した。

桐生の自尊心は、ずたずたになり、傷口が大きく開いて血が噴き出した。


それ以来、桐生は、自分の将来に希望が持てなくなってしまっていた。

自分は他者に遠ざけられる存在なのだ。

生まれ育ったこの土地にはもう戻れない。

友人たちとも付き合えない。

親にも親戚にも顔向けできない。

隠れて、一生誰にも気づかれないように、薄暗がりで生きて、ひっそり孤独に死んでいく……。

持って生まれた生真面目で融通のきかない性格が、自分ではどうにもならない傾向を、暗いはざまへ暗いはざまへと追い込んでいき、思い詰めさせて、にっちもさっちもいかなくなった袋小路でのたうっていた。

桐生の自尊心は壊死寸前だった。

しかしもう一方で、桐生の生まれもっての生真面目さが、生きなければならない。

生きなければならない……と、呻いていた。

学ばなければならない。

学ばなければならない……と、叫んでいた。


大学へ入ると桐生は、浮き世の風が吹き残したような古い学生下宿の一室に閉じこもり、自分の性癖に必死で蓋をしながら、ひたすら読書することで日々を過ごしていた。

古い学生下宿には、六十年代半ばからおよそ十年間に亘るあの政治の季節、学生運動の高揚期の全共闘世代の残滓が、注意深く観察すれば、まだどこかしらに片鱗は留めていたかも知れなかったが、概して桐生たちの世代は、いわば、それにつづく反動の世代として、全共闘のような方法論を持つ過激な学生運動は、むしろ嫌悪の対象として、意識的に、あるいは無意識的に、関心の外に放擲されているように見えた。

しかし、いつの時代でも、若いエネルギーは、時代の風に敏感である。

桐生たちの世代の一見アパシー風な雰囲気も、一皮剥けばどこかで、せせらぎ、ひそかに合流する伏流のように、地下水脈のように、小さな同好会やクラブといった、柔らかな衣匠を纏いつつ、時代につぶてを投げつづけていたのかも知れなかった。

それは、桐生が社会人になってから、当時を思い返して、あれこれと思い至ったことだったが……。

いずれにしろ、その頃の桐生は、どこにも属さなかったし、自分の内なる秘密がばれはしないかと、不安におののきながら、どんなときにも、目立たぬように、目立たぬようにと、細心の注意を払いながらも、真に向き合わねばならないものから逃避していた。

桐生が菊川に遇ったのはいつごろだったか。

桐生は、どちらかというと華奢でなよなよした外貌を持つ男は嫌いである。そういう男は、今まで桐生の友人にはいなかった。

がっしりとして長身、見るからに男っぽい風貌の桐生は、自分の生まれついての傾向に強迫的ともいえるほどに抑圧的だった。だから、華奢でなよっとした男と連れ立ったりすることを意識的に避けていた。他人に奇異の視線を向けられたりしたら堪らないからである。

菊川は、桐生が今までもっとも近づかなかったタイプの男であった。

あるとき、桐生が独りでキャンパスを歩いていると、いきなり背中をポンと叩かれた。ふりむくと、色白で目がぱっちりした古風な顔立ちの、直衣《のうし》でも着せたら平安時代の貴族の麻呂のようなのっぺりとした男が、薄く笑いながら立っている。

「ちょっと一緒に散歩しない？」

そう言うと、彼は先に立ってすたすたと歩いていく。

べつに強いているふうでもないその背中を目で追いながら、桐生はなんとなく随いていった。

それが、菊川との初めての出会いである。

甲府から出てきたという菊川は、剥いても剥いても同じものしか出てこない玉葱のように、生真面目さだけが詰まっている優等生だった桐生にとっては、目からウロコがばらばら落ちるようなカルチャーショックだった。

菊川の部屋に入ったとき、桐生は机の上に無造作に投げ出されてページが開いたままになっている雑誌に視線が釘づけになった。

「見てみなよ」

菊川は笑いながらそれを桐生に投げてよこした。

桐生は両手でキャッチした。

どのページにも、見たことがない男の姿態が大写しになっている。

桐生のそれまでの人生で、もっとも激烈な瞬間だった。

桐生は狼狽し、持っていた雑誌を床に投げた。

菊川はにやにやしながら桐生を窺っている。

「今までこんなの見たことがなかったの?」

菊川は、床に落ちた雑誌を拾い上げるとぽんぽんと埃を払うしぐさをしてから机の上に戻した。

「よかったら、貸してあげるよ」

桐生は、返事ができなかった。

無言で菊川を睨みつけただけだった。


菊川は、桐生とはずいぶん違う生き方をしていた。

幼い頃から、ぱっちりと円い瞳に長いまつ毛がふさふさしていて、骨組みの細いすべすべの肌は抜けるように白かった。

小柄だったせいもあるが、坊っちゃん刈りをしていると、女の子によく間違えられた。温和で、誰とでも仲良く遊んで他人と争うということがなかった。

外で男の子と遊ぶよりも、部屋でピアノを弾いたり、姉や姉の友だちとリカちゃん人形でままごと遊びをするほうが好きだった。

小学校の三、四年生になると、やんちゃな級友たちがふざけてときどき、〈純一〉という本名の代わりに、〈純子ちゃん〉と呼んだりしたが、あまり度が過ぎないかぎりはムキになるようなこともなかった。

「純子ちゃん」と呼ばれて「ハーイ」と、菊川がにこにこしながら返事をすると、やんちゃ坊主たちは拍子抜けして、いたずらは一巻の終わりになる。

ほんの子供の頃から菊川は、こうして無意識に自分をちょっと道化めかすことでコトを丸く要領よく収めてしまう。めったなことでは口争いにならない。

いじめもせず、いじめられもせず、男子とも女子とも誰とでも仲がよくて人を嫌いになるということがなかった。

中学生になって、いろいろな知識が身についてくるにつれて、自分が好きになるのはいつも同性だと気づいたときも、そうおたおたはしなかった。

自分がそういう傾向を持っているということは、菊川にとっては、自分という存在の総体の一つの要素の発見に過ぎず、菊川純一という個の存在を脅かすほどのものではなかった。菊川は、それを自分に備わった属性の一つとして、あまり否定的には捉えなかった。だから、懊悩も哀しさも、それほど深刻なものにはならなかった。

「女の子を好きになれないのなら、無理にならなくてもいいじゃないか」

菊川はそう思っただけだった。

菊川には、充分に愛し、愛されている両親や姉たちが居り、気心の知れた友人にも恵まれていると思っていたから、それ以上の濃密な何かを期待したり、求めたりする気持ちは希薄だった。

大学は、東京に出ることにした。地元の大学でも別に不満はなかったのだが、姉たちがみんなそうしていたので、両親が、菊川にも東京の大学に進学するように強く奨めたからである。

いずれ、日本を離れてアメリカに行こうと考えていた菊川にとっては、大学がどこであろうと、そう拘るほどのことではなかった。

菊川は、部屋にこもって独りで何かをするタイプではない。絶えず外へ出て見聞しながら、自分がやってみたいことを探す。

じきに、菊川は自分の気持ちに正直になれて気楽で居心地のよい場所に行きあたった。そこにある庭や植栽を一目見たとき、菊川は、まるで自分の家の庭や植栽を見るようにほっとして懐かしかった。

が、しかし、そこは、自然の豊かな風が吹きぬける菊川の育った甲府の家の庭とは似ても似つかないものだった。

自然の風など通り抜けることがない、昼間は眠ったようで、陽が落ちると目を覚ます夜の人工庭園だった。

そこかしこに極彩色のネオンに彩られたベニテングダケがくねくねと光っている。

菊川のそつのない柔軟で合理的な性格は、いつの間にか、そこを、自分流の居心地のよい場所に変えた。

自然の風がまったくないそうした巨大都市の夜の人工の庭園も、菊川には、幼い頃にブランコで遊んだ故郷の自宅の庭と変わりなかった。菊川はその場所にじきに馴染んで、どっぷりと浸かった。

菊川のアンテナが同じニオイを嗅ぎとり、下宿の隅に縮こまっている桐生を捉えたのは偶然だったのだろうか。

桐生は、菊川によって、自分だけの狭い思い込みで窒息しそうになっている暗い穴倉から、生きて動いている当たり前の人間の世界へ、当然のように誘いだされた。

殻に閉じこもったままの優等生だった桐生は、くっつけていた尻尾の空蝉をはらい落として、正直な自分に変態した。みずみずしい新しい翅《はね》を持つ桐生に生まれ変わった。まだまだおずおずとではあったが、桐生は、自らの天の下、朝まだきの露に濡れそぼちながら、希望という名のうす蒼い空を見上げていた。

二人は打ち解けて気心の知れたよい友だちになった。

桐生は菊川と一緒に、ときどきクルージングに出かけるようになった。

個人的な生活や感情をすべて捨象したクルージングは、一面、非常に孤独な行為でもある。どれほど繰り返しても、そこからは人間的な温かみや触れ合いが生まれることはほとんどない。それでも、その傾向を持つ多くの人たちがクルージングをつづけるのは、たとえ、その場かぎりであろうとも、いっときの慰めが確実に得られるからである。

『欲望という名の電車』で著名なあの劇作家のテネシー・ウィリアムズは、クルージングに熱中していた頃を回想してつぎのように述べている。

〈孤独な期間だった。しかし、何もないのに比べれば、相手かまわず関係するほうがまだましだった〉

そして、二年間で一五〇人をクルージングしたある人も言っている。

〈それが、わたしを支え、正気を保ってくれた〉

幸せなことに桐生も菊川も、独りぼっちではなかった。

卒業したらアメリカへ行くと、つねづね言っていた菊川だったが、結局、アメリカへは行かずに東京で小さな出版社に就職した。


改札口を出ると切符売場の傍に菊川が立っている。

桐生のほうから会いたいと連絡したので、約束の時間より早めに着いたのだが、菊川は、桐生より先に来て待っている。

長髪を後頭部で一つに束ね、ジーンズにラフな流行のシャツを着て、茶色のポシェットを持った菊川は、そのすべてが細身の中背にぴったりと填まって、相変わらずスマートで若々しい。

鈍色《にびいろ》のビジネス・スーツを着て長身の猫背の肩から黒い大きなショルダーバッグを掛けている、くたびれかけた中学教師の桐生とは大違いで、とても同じ年齢には見えない。

二人とも、もう四十男である。

「すまん、待たせてしもたな」

桐生が謝ると、菊川はにこりとして言う。

「いや、いま来たばかりだよ」

久しぶりに二人は連れ立ってどちらからともなくあの安心して何でも話せる店に歩を向けた。

「忙しいんだろう。突然、呼び出したりしてすまない」

隅のボックス席に着くと桐生はまた謝った。

「いいんだよ。しかし、ずいぶん久しぶりだね」

菊川は、以前と変わらない口調で言う。

菊川にはいまさらの前置きや社交辞令は要らない。最初からストレートに切り出したほうが話がしやすい。

「困ったことになった」

辺りに目をやりながら桐生は低い声で呟いた。

「うん？」

菊川が、真っ直ぐな視線を桐生に向ける。

「感染してしもた」

菊川の目尻が上がった。

「いつわかったの」

「一月ほど前、検査して判った」

「検査する必要が生じたってわけね」

「……うん、去年からまたときどき、やってたんだ」

桐生は菊川から目を逸らしながら呟いた。

「あんた、もう止めていたんじゃなかったの」

憮然とした菊川は、鼻から抜けるような声を出した。

「うん、結婚してからはずっと……」

「それが、どうして、また……」

「まあ、話せば長くなるんだ」

髭の剃り跡がくろぐろとして陽に灼けた顔に疲れた表情を刻んでいる桐生は菊川をじっと見た。

「おれ、その頃、自棄っぱちになっていたんだよ。もうどうにでもなれと思っていたんだ」

桐生は独り言のように話しはじめた。

「去年、おれは三年生の担任だった。柄にもなく学年主任をやっていたんだ。ほんとはやりたくなかったんだが。いい年齢だしさ、断れないもんな。まあ、それがそもそもの始まりなんだ」

菊川は、桐生から目を外したままである。

「それでさ、五月の連休明けに修学旅行があったんだ。これが、例年、一番しんどい学校行事なんだけど……。去年の三年生は特に問題を抱えた生徒が多かった。旅行中の事故や事件が何より心配だったんだ。事前指導も念入りにやってたんだけど。やっぱり起こるものが起こってしまったんだよ」

菊川は、顎にVの字に細いきれいな指を当てたまま、白い目で桐生を見た。

「最近の修学旅行はな、われわれの時代のように、名所旧跡を巡って学校全体が一つの旅館やホテルに泊まるというようなのではなくてね。スキーとか登山とかをして、たいてい、学級毎に民宿に分泊するんだよ」

「ふーん、近頃はそうなってるんだね」

菊川が頷く。

「まあ、言ってみれば、学校行事としての修学旅行の位置づけの変遷が、行き先や旅程に微妙に反映しているんだろうがね」

「……」

「学級毎に宿泊するとね、生徒と教師の関係も密になるし生徒の行動も把握しやすい。きめ細かく指導もできる。しかし、生徒と担任教師の関係がスムーズでない場合はだ、思わぬところで行き違いや事故が起こることがあるんだ」

「まあ、むずかしい年頃だものね」

「そうなんだよ。おれが担任した去年の三年生がそうだった」

桐生は苦い顔になった。

「おれのクラスが泊まっている民宿がいちばん規模が大きかった。それで、管理職や学級担任外の教師や養護教諭などが待機している連絡本部になった。翌日の打ち合わせのためにちょうど全職員が集まっていた、まさにそのときに事件が起こったんだ」

桐生は菊川を見つめた。

「生徒たちはそれぞれの民宿で夕食前の自由時間だったんだが、あるクラスのちょい悪《わる》の奴らがふざけあっているうちに、些細なことから喧嘩になってね、そのうちの一人が、二階の窓から墜ちて両足骨折の大怪我をしてしまった」

「へえ……」

「タクシーですぐ病院へ連れて行って応急処置をしてから保護者に連絡したんだ。翌日、生徒指導担当とその生徒のクラスの副担任が車で生徒を自宅まで送って行った」

桐生は大きく息を吐いた。

「管理職の判断でね、修学旅行はそのまま続行されたんだ」

「へえ、大変だったのね」

菊川が、真面目に相槌を打つ。

「処置は適切だったと思うよ。生徒は家の近くの病院に入院して順調に回復したしね。何の後遺症もなく治ったからね」

「よかったじゃない。不幸中の幸いってところね」

「それが……、そうはいかなかったんだ」

「どうして？　何か問題でも起こったの」

「そうなんだよ。起こったんだ。そしてね、それがだんだんややこしくなってきた」

思い出して、桐生は胃の辺りがチクチクした。

「教師のいない間に起きた事故だっただろう。教師の指導や管理責任を巡ってさ、保護者と学校の間で、無責任な噂や憶測が飛び交いはじめたんだ。そのうち、問題点が錯綜してね、どんどん複雑になっていったんだよ。そしてだよ、もう毎日のように、カップラーメン啜りながらさ、夜の十一時頃まで学年会議なんだ。くたくたよ、もう。バスで通勤している教師なんか、帰りのタクシー代だって馬鹿にはならないんだぜ。出費は全部自費だからね」

「なんでそんなに揉めたの？」

「それは、教師だからさ。みんな真面目なんだよ。真面目と真面目が真正面からぶつかり合うんだ。そして、どんどんゆとりがなくなっていく。保護者への対処の仕方を巡ってさ、三年生の職員の意見が割れてしまったんだ。それぞれの見解がグループ化してね、学年会議のときだけじゃない。職員室でもお互いにとげとげしい雰囲気になってしまった。それでさ、学年主任のおれは、毎日、ハリのムシロだよ。いやあ、思い出すだけで胃が痛くなる。二度と思い出したくもない嫌な日々の連続だった……」

「いやいや、大変だったんだね」

「保護者や教育委員会といった対外的な面では何とか収まったんだけれども……。いったんこじれた三年生の職員間の関係は、そう容易には修復できなかった。

　校長は高血圧で入院してしまうし……。学年主任だったおれは、もうくたくたに疲れ果てた。

　酒でも呑めれば溜まったストレスのいくぶんかは発散できただろうけれど、生憎、おれは酒を呑まない。

　親父が大酒呑みでさ。日頃は謹厳実直な教育者づらをしているくせにさ、呑むとわけがわからなくなるほど泥酔して人格が変わったみたいに振る舞う。それをずっと見てきたからね。おれは、ああはなりたくないと思い定めて酒は呑まないようにしてきた。といっても、無理して呑まないようにしてきたわけじゃない。もともと好きではないのだろう。

　家に帰って妻に愚痴れるようならまだ救いがあるんだけどね。共働きで妻は小学校教師だろう。おまけに、その年の四月に新しい学校に転任したばかりでさ。おれの顔を見ると、待ってましたとばかりに二人の子供のことや勤務先の同僚やら学級のことを愚痴る。おれは出鼻を挫かれて、自分のことなんぞ言えなくなってしまうんだ。

結局、書斎へ逃げ込んで本を読んだり、ぼうっとしたりするのが関の山だった。しかしね、そんなもんじゃ独りで背負いこんで溜まりに溜まっていく疲れを解消できるわけがない。もう、どうにもならなくなってしまったんだ。

それでさ、おれ、何もかもが厭になってもうどうでもいいような気分になっていた」

「……」

菊川は、桐生から視線を逸らしたままだった。

「ちょうど、夏休みに入ったしな。おれ、久しぶりに行ったんだよ」

「えっ？」

菊川がはじかれたように桐生に目を向けた。

「あんた、わざわざあそこまで行ったの」

「近くはヤバイだろう。おれ、公立中学の教師だもんな」

桐生は、近畿地方の中心部にある人口三十万人ほどの都市の、北部の丘の上に開発された新興住宅団地の一戸建てに住んでいる。

跡取りの長男であったが、生まれ故郷にはどうにも帰りたくなかった桐生は、大学を出るとそのまま東京で大手のある医療機器メーカーに就職した。

入社してみると、営業が主だったその職種に馴染めずに転職を考えていたときに、実家の両親の強い要望に屈するかたちで教師になることに決めたのだった。

が、故郷には帰りたくない。それで、近畿地方の中央部にある県の公立学校教員採用試験を受けて中学校教員になり、この都市の中学校に赴任した。

桐生が住んでいる都市から東京へ行くには、新幹線はもちろん、飛行機でも目的を達してその日のうちに帰るのは無理である。どこかで一泊することになるから、交通費もばかにはならない。それでも桐生はそこへ出かけた。

目的を達するだけなら、手近なところに手頃な場所がそこそこあったが、桐生は、その頃、自分を取り巻いているあらゆるもの、何もかもから時間的にも空間的にもできるだけ遠くへ逃げたかった。

外はまだ真夏の陽がぎらぎら暑い時刻だったが、エアコンの効いた静かな室内は薄暗く別世界だった。

胸の奥から懐かしいものがじーんと込み上げてきた。

桐生は、テーブルを隔てて自分の前に座っている、いま遇ったばかりの見知らぬ青年を見つめた。

長い間秘めていたものが、桐生の目の前に無遠慮に正体を現している。桐生の全身は歓びで痙攣しそうだった。

「きみ、学生?」

桐生は、初めて言葉を発した。

「はい、専門学校に通っています」

訛りのない標準語で青年は即座に応えた。

翌朝、ホテルを出て別れ際、桐生は青年の連絡先を訊いたが、自分のは教えなかった。

一応、住所と氏名は知らせたが、もちろん事実ではない。桐生の方からしか連絡できないようにしておいた。もっとも桐生がそうしたように、青年も事実を語っているとはかぎらない。

それならそれでもよいと、桐生は思った。

逢いたくなったらこちらから電話してみればよい。

繋がればよし、繋がらなくてもしかたがない。


夏休みの間に、桐生は三、四回上京した。

夏休みといっても、教師は生徒と同じに休めるわけではない。クラブ活動の指導をしていればほとんど毎日出勤することになる。そうでなくても、休めるのは夏期休暇と年休を合わせて一週間余り。残りは出勤するか、各種研修願いを提出する。

普段から、桐生は真面目教師で通っており、家族思いで親孝行でもあると思われている。

桐生が、もっともらしい理由をつけた夏期研修願いを提出して何回となく上京しても、学校も妻も、ましてや故郷の両親などは桐生の行動を露ほども疑わなかった。

上京すると桐生は、まず青年に連絡した。

都合がつけば青年はじかに桐生の泊まっているホテルにやってくる。

どこから見ても、二人は仲のよい親子か、年の離れた兄弟のように自然だった。

元来が淡泊な質の妻とはもう長いこと肉体的な接触はなかった。共働きで仕事や育児にかまけてエネルギーの大半を吸い取られている妻は、桐生が、妻のこぼす愚痴や泣き言を辛抱強く聞いてやったり、優しいことばを交わしてさえいれば機嫌が好かった。

それに、子煩悩な桐生は、二人の子供をよく可愛がったし、面倒もよくみたので家庭は平穏だった。

上京するようになって、桐生は目に見えて元気になっていった。

〈あれがある〉と思うことが、これほど人のこころを能動的にするものなのか。

二学期が始まり、目白押しの学校行事に追われるようになってくると、あの修学旅行時の事故のいざこざも過ぎていく時間のなかでしだいに淘汰されていった。

それに何より、三年生の進路指導が大詰を迎えて、学年会議が頻繁になり、学年主任と学級担任を兼務する桐生は日に日に忙しくなったが、どうにか無事に取り纏め役としての責任を果たすことができるようになった。

ストレスが溜まると週末や連休や祝日を利用してふらっと上京した。

桐生のセクシュアリティは、だんだん結婚前の状態に戻っていったが、桐生は妻や二人の子供を充分に愛していた。それに何より桐生にとって、無事な日常と平穏な家庭は桐生が桐生自身を保持しながら生きていくためには不可欠な拠り処であった。

肩にずしりと重かった一年間がようやく終わった。

三百七十人それぞれの十五の春を無事に送り出し、学年末の事務処理もすべて完了して迎えたいつにない浮き浮きとした春休み……。

桐生は、自分だけの密かな愉しみの計画に酔って漂うていた。

心の奥底でうごめく自意識の塊を包んでいるセクシュアリティの葛藤は、無いと言えば嘘になるが、もはや、オブラートになってやわらかく溶け、桐生は独身時代のように、自分の欲求に正直になっていた。

しかし……、桐生は油断していたのか。迂闊だったのか。

それとも、何かを過信していたのか？

それは、ある日突然、聖ミカエルの使者のごとく、桐生の意識の外からやってきた。

その夜、桐生は、いつものように夕食後に居間でその日の朝刊と夕刊をゆっくり読んでいた。週日の朝は、忙しくて主なニュースにざっと目を通すだけのことが多いので、夕食後に時間をかけて丹念に読む。

読んでいるうちに、朝見落としていた小さな記事が目に入った。それは厚生労働省がまとめたＨＩＶとエイズに関するデータだった。それによると日本国内の感染者は年々増えており、昨年だけで千五百人以上の感染がわかったという。二十〜四十代が中心で、性交渉によるものが八割以上、その四分の三が同性間、それも男性の感染だと報じている。

桐生に知識がなかったわけではない。

一九八一年に米国で初めてエイズ患者が報告されて、八十年代半ばには、欧米のロック歌手や芸術家たちが相次いでエイズで亡くなったというニュースが世間を騒がせもした。

当時、エイズは治療法もわからず死を待つだけの恐ろしい病気。同性愛の人たちが罹る特異な病気と思われていた。

が、異性間の交渉でも感染する人が現れた。それに何より世間が驚いたのは、血液凝固異常症の治療薬である凝固因子製剤による感染者の多発であった。何のトガもない患者が医師を信じて治療する薬剤によってＨＩＶに感染したのである。ことは、薬害事件として社会問題化し政治問題化した。ＨＩＶは、誰でもが感染するかも知れない身近で恐ろしい病気と受けとられるようになり、感染者や患者へのいわれのない差別や人権侵害も起こった。

しかし、一九九〇年代半ばを境にしてＨＩＶやエイズの治療法は一変した。新薬が相次いで開発され、ウイルスの増殖を効果的に抑えることができるようになった。感染後の余命もずいぶん長くなった。きちんと治療すればエイズはもう恐ろしい死病ではなくなっている。しかし、データが示すように、感染経路は依然として男性間の性交渉が圧倒的である。厚生労働省が把握している日本のＨＩＶ感染者とエイズ患者は合わせて判明しているだけで一万数千人。潜在している感染者はもっとずっと多いといわれている……。

知らなかったわけではない。忘れていたわけでもない。しかし、何が桐生を安心させていたのだろうか。

桐生の心にふと、翳がさした。一度も検査をしたことがなかったから……、不安と呼びかえてもよい。

書斎に入って独りになると、桐生は思案した。

今のところ、変わったことは何もない。何の自覚症状もないが、念の為に一度検査を受けるべきか？　受けるにしても、絶対に誰にも知られぬようにしなければならない。

翌日、桐生は他県の保健所に電話した。匿名で検査を受けられることは知っていたから、早速、年休を取って、遠方にあるその県の県庁所在地の保健所で検査を受けた。結果が判るまでには二週間ほどかかるということだった。

検査の結果を待っている間、桐生の生活はいつもと何ら変わりなく、新学期が始まり、新しく担任した二年四組の家庭訪問をし、例年のように毎日、学級通信を書いてクラスの運営を軌道に乗せようとしていた。

傍目にはいつに変わらぬ熱心な教師であった。

しかし、桐生の内奥では、他人に言えないここ一年ばかりの秘密の時間と、来し方の何十年かが、行きつ戻りつしながらものすごいスピードで回転していた……。


ＨＩＶ抗体は陽性だった。

確かに陽性だった、やっぱり陽性だった……。

保健所を出てから電車の駅までの十分ほどを歩きながら、桐生は何度となく反芻した。

五月の風が公園の鮮緑の木々をさやさやさやと渡り、花壇にはパンジーやチューリップやプリムラなどの色とりどりの花が咲き乱れている。歩道を歩く人々の服装も軽快になって華やぎ、いちめんに春の生命が満ち満ちている。

この白昼の輝く陽の下で、桐生だけが、薄墨色の翳った時間のなかに佇んでいる。

やはり……、来るべきものが来たのか。

頭の隅のどこかで桐生は、デジャヴュ（既視）のようにいま不在の都市をこうしてとぼとぼと歩いている自分の姿を予見していたようにも思えた。

どうしよう……。

駅に着くまでには決めなくてはならなかった。

いますぐ、病院へ行って確認検査を受けるか……。

それとも、いったん家に帰ってあらためて出直すか……。

厚生労働省指定の拠点病院で確認検査を受けるにはもう匿名では通らない。正確な氏名、年齢、性別を告げなければならない。決めかねた脳髄の芯に、不安が渦巻いている。

どうしよう……。

それでも、駅に着いたとき、桐生の足は自然に病院行きのバスに向かっていた。

詳しい検査結果は二、三週間後に判明する。そのときまた、年休を取ってこのバスに乗らねばならない。

桐生は、バスの車窓を通り過ぎていく見知らぬ市街の移り変わる春の景色をぼんやりと眺めていた。


再度の確認検査の結果を待つ間、日常は変わりなく流れていたが、自室にこもって独りになると毎晩のように、ＨＩＶとＡＩＤＳ（エイズ）に関する情報を調べた。

ＨＩＶとはヒト免疫不全ウイルスのことで、ＨＩＶに感染していれば、血液中のＨＩＶ抗体が陽性になる。健常者だと1マイクロリットルあたり１０００から１５００くらいあるＣＤ４リンパ球分子の数が減少している。

ＣＤ４がだんだん減少して２００以下になると、エイズつまり後天性免疫不全症候群を発症して、心血管や腎臓、肝臓の重篤な病気に罹り終には死亡する。

ＨＩＶを根治する薬はまだ発見されていないが、エイズの発症を遅らせる新薬はつぎつぎに開発されているので、ＣＤ４が５００から４００くらいに減少した時点で、医師の指示にしたがって複数の抗ＨＩＶ薬をきちんと服用すれば、今では二十年から三十年間もエイズを発症することなく天寿を全うすることもできる。

ただ、薬を飲んでもウイルスを完全に消すことはできないので、感染したらずっと薬を飲み続けなければならない。もし、途中で止めたりすると、ウイルスが薬に対して耐性を持つようになり、つぎに服用しても効かなくなってしまう。治療しないで放っておけば、二年から五年以内に死亡するとも言われている。

生まれつき頑健なせいもあるのだろうか。それとも、感染してまだ日が浅いからだろうか。

桐生のCD4は900にちょっと足りないくらいで、健常者とほとんど変わらず、無症候性キャリアと呼ばれるものだった。さしあたってどうこうという状態ではなく、当分は今まで通りの生活でよいということだった。

先ずは、ほっとひと安心だったが、遅かれ早かれ、いずれやってくる抗HIV薬を飲まねばならないときのことを考えるとやはり心が震えた。

それが五年後か、十年後か。あるいは、もっと早いのか、もっと遅いのか。神のみぞ知るである。

これからは、最低一か月に一度、CD4の変化をチェックしなければならない。

誰にも知られずに何年続けられるだろう。

自業自得とはいえ、桐生には見当もつかない難題だった。

自分を見失うことなく、この不安に独りで堪えていけるだろうか。助けてもらうことはできないにしても、このつらさを誰かに打ち明けたい。誰かに聞いてもらいたい……。

桐生は悩んだ。迷った。

桐生の思念は宙吊りになったまま、一週間が過ぎた。

最初に保健所へ一次検査に行ってから一か月以上が経っていた。

そろそろまたCD4のチェックを受けなければならない。しかし、HIVに感染したからといって、四六時中、桐生はそのことに囚われていたわけではない。

桐生には、感染する前と何ら変わらぬ日常があり、毎日をあれこれと忙しく過ごしていたのだが、忙中のちょっとした閑が、ときおり、桐生の思念を鷲づかみにして不安のなかに錐もみにした。

意を決して菊川に打ち明けて相談してから、さらに一か月が過ぎたが、妻にだけは打ち明けたほうがよいという菊川の助言を、桐生はまだ実行する勇気がなかった。

もう長い間、肌を触れ合っていない妻である。感染しているはずはないから、そう急いで打ち明けることもないと、自分の勇気のなさを自己弁護しながらずるずる一日延ばしにしていた。

桐生の家庭のように、穏やかな一家であればあるほど、妻や子供たちにはHIVに感染したなどと覚られたくない。

しかし、ＨＩＶに感染しているということは、それが健常者と変わらない無症候性キャリアであるにしても、日常生活の思わぬところで、感染者であることが身に沁みる。ＨＩＶ抗体の陽性が判ったとき、桐生は、好物の刺身や寿司を諦めなければならなくなった。ステーキもレアでは食べられない。

ＣＤ４分子の減少とともに免疫がだんだん低下してくるから、健康な普通の人には何でもない生の肉や魚に寄生する微生物に激しく反応してしまうからである。

共働きの忙しい妻が作ってくれる好物料理を今までのように食べられないとき、家族で寿司屋に行っても桐生だけはしっかり火が通ったネタしか注文できないとき、桐生は、それを家族にどう得心させたらいいのか。

一度や二度や三度なら、誤魔化すこともできるだろう。しかし、これから日常的に起こるであろう桐生の生活の変化が、他人には気づかれないような些末なものであっても、妻や子供たちは敏感に気づいて不審の目を向けるかも知れない。

そんなに長く隠し通せるものではない。

ならば、すべてを秘密にしたまま離婚するしかないのか。何のやましさもないのに、妻は、離婚に応じるだろうか？

　いや、離婚だけはしたくない。妻や子供たちを愛しているのに……。せっかく築いた平穏な家庭を壊したくない。

　桐生にとって家族や家庭は生きていくための唯一の拠り処ではないのか……。

　桐生は悩んだ。

　悩んでも悩んでも、堂々めぐりの繰り返しだったが、ときは自然に満ちた。


　桐生自身さえ、まったく気づかなかった小さい変化に、妻が気づいた。

「あなた、この頃、何かとてもやさしくなったわね。どうしたの？」

「いつもと変わらんよ。おれはもともとやさしいんだ」

「それはそうだけど……。あなた、この頃、上の子を叱らなくなったでしょう」

　言われてみると、そうだった。

　桐生には男の子が二人いるが、やんちゃ坊主の幼稚園児の次男に比べて、小学校三年生になる長男は引っ込み思案で温和しい。桐生はときどき苛立って、男の子らしく元気になれとハッパをかけたり、叱ったりしていたのだが、このところ、可愛がるばかりの大甘パパになっている。

桐生自身もまったく意識していない不思議な変化だった。

桐生を信じ切っている家族に大きな隠し事をしているという負い目が、無意識のうちにそういうかたちで補償させていたのだろうか。

何も失わないで今まで通りにというのは無理なのか。そのうち妻はつぎつぎに桐生の変化に気づくだろう。

なるようにしかならない。当たって砕けろだ。

そう腹を据えつつも、桐生は、ＨＩＶ感染だけはどうしても妻に告げることはできなかった。

どんなに責められようと、恨まれようと、離婚するしかない。理由はその場の雰囲気に任せる。できるだけ妻がくつろいでいるときに切り出さなければ。来週の日曜日の午後辺りにでも……。

そう腹を括ると、桐生は、胸の奥にずっとつかえていたものが些《すこ》し軽くなったような気がした。

「離婚はしないわ、する理由がないじゃない。今の生活に別に不満があるわけじゃないし……」

妻は、にべもなく桐生の申し出を拒絶した。

「あなたが何と言おうが、離婚は絶対にしませんからね。子供たちが可哀相じゃないの。よくもそんな勝手なことを平気で言えるわね」

妻はかんかんになって取りつく島もなかった。

どんなに説得しようが、どんな理由をつけようが、どんなに桐生が悪者になろうが、妻に離婚を納得させることは無理だ、と桐生は観念した。

どうせ、このままでは済まないのだから、もう洗いざらいぶちまけるしかない。後は野となれ山となれだ、どうにでもなれ……。

桐生は、半分、自棄っぱちになって、とうとう妻に告白した。

「………、そういうわけで、もう一緒には暮らせない。お願いだから離婚してくれ。子供は引き取ってもらわねばならないが、みんなおれが悪いんだから……。何でも言ってくれ。責任はすべて果たすから……。このままではきみに迷惑をかけることになる。お願いだから、離婚してくれ」

妻は身じろぎもせず、一言も発しなかった。

ちょっとでも触れると切れそうな刃物のような鋭い空気がふたりの空間にみなぎって、桐生は窒息しそうだった。

長い、長い、沈黙の後で、妻は低い声で呟いた。

「離婚はしないわ。わたし、大切な家庭を……、壊すことなんかできない」

「おれにとっても、きみや子供たちは、いちばん大事な存在なんだよ。けど、もう今までのようにはいかない」

桐生は呻いた。

「友だちに相談してみるわ。あなたも知っている人よ。彼女ならわたしたちの話を親身になって聞いてくれる。信頼できる人よ、絶対に秘密を洩らしたりはしないわ。ねえ、そうしましょう」

妻は、桐生に否を言わせぬ強い口調で言った。

「彼女の都合のいい日にうちに来てもらうわ、いいでしょ」

そんなに親しい妻の友人で、桐生が知っている女性って誰だろう。頭を巡らせたが、思い浮かばなかった。

その日、桐生は下の子供と庭でバラの手入れをしていた。ゴールデンセレブレーションという呼び名が気に入って、結婚十年目の記念に植えた四季咲きの黄色いバラが、緋色やピンクの花の傍で、重たげにいくつも首を垂れて開花している。

桐生も妻もバラが好きで庭に何本か植えているが、忙しくてなかなか手入れが行き届かない。そう大輪にはならないが、この種は品種改良がすすんでいるのか病害虫にも強く、放っておいても時期がくると花が愉しめる。

庭の手入れはもっぱら桐生の仕事である。妻は眺めたり、切り花にして愉しんでいる。

菊川のように独身でいることが許されなかった桐生は、否でも応でも家庭を持たねばならず、紹介する人があって今の妻と平凡な見合い結婚をした。そして、この小さい庭のように自分たちの身丈に合った家庭を築くことができた。

幸いだった、と桐生は思う。

「お父さん、こんなところにカエルがいるよ」

幼稚園児の下の子供が、芝生の隅でちいさな青蛙をつまんでいる。

「ほう、そうかい。一匹だけいたんかい」

「わからない。ぼく、もっと探してみる」

ほっと手を休めた桐生は、けんめいに青蛙を探す吾が子の無心な横顔に目を注いでいた。

そのとき、視線の向こうのフェンス越しに車が停まり、車から降りた女の人がこちらに向かって歩いてくる。

高崎麻友子だった。

「こんにちは」

「いやあ、どうも」

「驚きました?」

桐生は、意表をつかれてしどろもどろである。

高崎麻友子は門を入って庭にいる桐生に近づくと、いきなり桐生の耳元で囁いた。

「桐生さん、あなたが私を毛嫌いしていることは解っていましたよ」

桐生は知った。

高崎麻友子が、桐生の勤務する中学校に転任してきたのも、同じ学年に所属したのも、たまたまのなりゆきなんかではなかった。彼女の希望だったのだ。

二年続けて隣合わせのクラス担任になったのは偶然だったが……。

桐生は知った。

高崎麻友子も妻もまた桐生や菊川と同じように、学生時代からずっと他人には見せたくない秘密の花園を見ながら生きていたんだ……。

それは晴天の霹靂であったが、今の桐生にとっては、むしろ干天の慈雨ともいうべきものだった。

桐生は肝が据わった。

そして、高崎麻友子と話しているうちに、あれほど鼻について嫌だった高崎麻友子の話しぶりやしぐさが、ちっとも嫌でなくなっているのに気づいた。

おれたちは仲間だ。もう何も隠さなくてもいいんだ。ありのままの自分でいいんだ。ありのままの自分を受け入れてくれる仲間がふたり、今、おれの目の前にいる……。

もう大丈夫だ。おれのすべてをわかってもらえる……。

桐生は大声で叫びたかった。

「おれは、おれのままでいいんだよ……」

桐生にぐるぐる巻きついて桐生を縛りつけ、息苦しくさせていたものが、ばらばらと解《ほど》けた。


桐生は山上の展望台にいた。

中国山脈の分水嶺を背にして瀬戸内の海に向かい、山に抱かれた群落の家々は、移り変わる豊かな四季のはざまでせり上がるように並び建って、南からの陽と海からの輝きに真向かっている。

遠望して見据えれば、かつては目にすることがなかったさまざまな建造物が屹立して桐生の視界を領有する。

眼下にある本町通りの町並みは、今も変わらずに軒をくっつけ寄せ合いながら、永劫のときを刻むかのように営みの根を張っている。

かつて、それらの佇まいは、桐生の不安を増幅し、賢《さか》しら顔して脅かし縛りつける日常であった。

息苦しさに堪えきれずに十八歳で遁走《とんそう》した桐生は、今、ここに戻っている。

もはや優等生でもない。若くもない。

ＨＩＶに感染した名もない四十男の中学教師である。

その桐生を、故郷の香りが包んでいる。

眼下に広がり、軒を寄せ合う家々は、まだ幼かった頃のように親しげに桐生に近づいてくる。

「ここが、おれの生まれた場所なんだ」

山上を吹きぬける微風が、桐生の頬をなぶっていく。

冬の梟《ふくろう》

一九九八年十二月二十六日（土曜日）

行彦はやっと眠ったようだった。

時計を見るともう午前一時を過ぎている。

伏見は、自分がまだ夕食をとっていないのにようやく気づいた。

妻と娘の由衣が家を出て行き、行彦と父子二人だけの生活になってもう一年近くになる。

行彦は今日で十五歳になったが、状態は悪くなるばかりである。ほとんど自分の部屋に閉じこもったきりで何をしているのか、今ではもう見当もつかない。

唯一、顔を合わせるのは、伏見が、予備校での授業を終えて帰宅したときである。

まるでぴたりと照準をあわせて待ち構えてでもいたようにぬっと居間に姿を現して煮

凝った眼で疲れた伏見を睨みつけながら矢つぎばやに命令する。

今夜もそうだった。

誕生日だといっても祝いをするような雰囲気も関係ももうとっくに消滅してしまっているが、それでも、伏見は、帰りにスーパーに寄って行彦の好物を何品か仕入れていた。その包みを居間のテーブルに置き、コートを脱ぎかけていると、行彦の鋭い声が背後から飛んできた。

「おい、おまえ、俺様を飢え死にさせる気か。早く飯を買ってこい。俺様の好物、わかってるな。間違えたら承知しないぞ。十五分で戻ってこい。遅れたらどうなるかわかってるな。早く行け」

行彦の夕食は、伏見が出勤する前にいつも用意して冷蔵庫に入れてある。冷蔵庫から出して電子レンジで温めるだけでよい。行彦にもそう伝えてあるにもかかわらずこういうことになる。

「冷蔵庫にいれておいた夕食があっただろう。あれを食べなかったのかい」

「あんなもん食えるか。早く買ってこい」

「行彦、今日はおまえの誕生日だろ。十五歳になったんだよな。お父さん、帰りにお前の好物を買ってきたんだ。だから今晩は買いに行かなくてもいいんだよ。一緒に食べないか」

一瞬、行彦の表情に微妙な変化がよぎった。が、それもほんの一瞬だった。

「うるさい！　おまえと一緒に飯なんか食えるか」

「そうかい、それじゃ、お父さんは遠慮しとくよ。腹が減っているんだろ。ここに置いてあるから食べなさい」

テーブルの上に視線をやりながらそう言うと、伏見はコートを手にしてそうそうに自分の部屋に引き上げた。

これ以上、その場にとどまって何か一言でも言おうものなら、その後に始まる行彦のすさまじい罵詈雑言と暴力に堪えねばならない。そんな気力はいまの伏見にはもうない。行彦が好物の夕食をむさぼっているあいだは、行彦の眼に触れないようにしなければならない。でないと、何が起こるかわからない。

伏見は部屋着に着替えるとどたりと身体をベッドに横たえた。疲れが一気に襲ってきた。

帰宅してからもう小一時間経つがまだお茶の一杯も飲んでいない。台所へ行くには、居間の傍の廊下を通らなければならない。

目敏い行彦にもし見つかりでもしたら百年目だ。その後に始まる修羅場を想像するだけで伏見のエネルギーは尽きてしまう。

伏見はベッドで眼を閉じたまま、行彦が独りで好物の夕食を食べ終わり、居間を出て行くのをじっと待った。


行彦と自分がこうして毎日を生きるようになって、もうどのくらいになるだろう。もうどうにもならない……とどこかで囁く声がする。いつまで待てばいいのだろう。入院して治療することを勧められたあのとき、妻の反対を押し切ってでもそうするべきだったのだろうか。

家で一緒に生活するなら、ひたすらに寄り添い受け止めてただ待ってくださいと、カウンセラーは言う。その助言に従ってこうして行彦と二人だけで日々生きている自分。この自分は、どんな自分を生きていると言えるのだろう。いまの自分とはいったい何なのか。

伏見は、見えない螺旋階段をずるずると暗闇にむかって墜ちていくようだった。

居間のドアを蹴る烈しい音とドアの閉まる音がした。行彦が居間を出て自分の部屋にもどったらしい。

伏見は音を立てないようにして居間に入った。

テーブルの上には、行彦が食べ散らかしたハンバーガーや唐揚げ、すしやジュースの容器が乱雑に転がっている。

伏見がそれらを片付けていると、いきなりドアを蹴り開けて行彦が入ってきた。

「おまえ、何をしているんだ」

険しい声が飛んできた。

「行彦の夕食が済んだから、テーブルの上を片付けているんだよ」

伏見は、行彦のほうを振り向かずに片付けつづけながら応えた。

「おまえ、俺様のものに勝手に触っていいのか。誰が触っていいと言った」

「行彦、もう、夕食、終わったんだろう」

「誰が終わったと言った。まだ終わってねえんだよ」

鋭く叫ぶように言うと、伏見がせっかく処理して取り分けている残り物の皿を、思いつきり足で蹴り上げ床にばらまいた。

「何をするんだい。もったいないじゃないか。残りはお父さんが食べようと思っていたんだよ」

「黙れ！　俺様のものをどうしようと俺様の勝手だ。食いたければ拾って食え」

言うべきことばはもう見つからなかった。

伏見は黙ったまま、床一面に散らばった食べ物の残滓をていねいに拾い集めて生ゴミ袋に入れ、散乱している空の容器類をゴミ箱に処理してから、床に掃除機をかけた。

伏見がそうしているあいだ、行彦はドアの横の壁にもたれて伏見を眼で追いながら、いつものように聞くに堪えない罵詈雑言を浴びせつづける。

気が済むまで伏見を罵ると、ドアを右足で蹴り開けて出ていきながら、止めの一撃の悪態をつく。

「おまえ、東大を出ているというのにそのざまは何だ。いい歳こいて三流予備校の講師かよ。笑わせるぜ。落ちこぼれ！　父親面して俺様に文句を言うなどおこがましいぜ。馬鹿野郎！」

耳の中がガンガンする。

伏見が会社を辞めて予備校の講師になったのは、行彦のためだと重々わかっていながらの悪態である。

いつまで経っても慣れることのない行彦の投げつける罵詈雑言の数々が、三半規管にねっとりと絡みついて、伏見の思考をばらばら分解する。

行彦はもう駄目なんだろうか。

もう、どうしていいかわからない。

なるようになるとはどういうことなのだろう。

疲れた。もう疲れきったよ……。

伏見はぐったりした身体をようやくソファから持ち上げるとよろよろと台所へ向かった。

炊飯器から昨日炊いた冷えた飯をどんぶり茶碗に七分目ほど入れると電子レンジで熱々にする。冷蔵庫から生卵を二つ取りだしてどんぶり飯に割り入れ、その上から醤油をたっぷりかける。

子どもの頃、母親がよく作ってくれた好物である。伏見は食卓に向かうと生卵丼を掻き込んだ。

こんなときでも腹は空き、好物はやっぱり旨い。

どんぶり飯が腹に落ち着くと、身体の芯の深いところから背中を伝って首筋に這い上がり、こめかみの辺りで止まったものが、じんわりと胸を衝く。

「かあさん、おれ、もう疲れたよ」


古い農家の土間に幼い伏見が独りでいる。

伏見が生まれた家である。

亡くなった母がまだ若いままで台所で何かしている。

朝はやい時刻だが、父や兄、姉たちはとっくに野良に出て、末っ子の伏見独りが台所で忙しく働いている母の背中を追っている。

一片付けが済むと母は伏見を振り向いて言う。

「卵ご飯いるか」

「うん」

熱々の飯の上に黄味がまるくぷっくりと盛り上がって醤油が地図のように散らばって

いる。

飯も卵も醤油もみんな自家製である。箸で掻き混ぜて一気に食べる。

「美味しいかい」

「うん」

母はにこにこして伏見を見ている。

昭和二十一（一九四六）年十月、中国山地に囲まれた小さな村で、伏見は、兄二人姉四人の七番目に生まれた末っ子である。

兄二人と姉三人は戦前の生まれだが、一番下の姉は昭和十六（一九四一）年太平洋戦争が始まった年に生まれている。伏見だけが戦後の生まれである。

五反（一五〇〇坪）百姓の農業と林業の他に取り立てて産業と呼べるほどのものの無かったその頃の村は貧しく、どの家の暮らしも似たようなものだった。

男の子は、中学か、運がよくて高校を終えるとたいてい村を出て就職する。長男でなければ余程のことがないかぎり、村に戻って暮らすことはない。

女の子の多くは、中学を終えると大きな紡績工場に集団就職する。そこで働きながら企業の運営する実務学校で基礎教科や一般教養の他に、一通りの花嫁修業をする。五、六年か長くて七、八年働いてそのあいだに自分の結婚費用を蓄える。

伏見の家は、田畑が一町（三〇〇〇坪）足らずと山林が十余町あり、村ではましなほうの農家であったが、上の姉二人は中学を出ると、やはり紡績工場に就職した。高校や大学に行かせてもらったのは三番目の姉からである。

長兄は、師範学校から切り替わった国立の新制大学を出て中学教師になり、田舎の家を継いでいる。二番目の兄は、関西の私大を出て、大手証券会社に入り、そのまま関西で暮らしている。一番下の姉は小学校教師になり、結婚して子どもが三人いるが辞めずに仕事をつづけている。

召集兵だった父は、敗戦から三か月余り経った昭和二十（一九四五）年十一月下旬、戦闘帽を目深に被り、くしゃくしゃの軍服に汚れた雑嚢《ざつのう》を背負って、太平洋戦争の激戦地ニューギニアから九死に一生を得てようやく復員してきた。飢えとマラリアに痛めつけられて身体はぼろぼろになっていたが、生来、頑健で骨身を惜しまぬ働き者であった。

父は、厳しくて怖かった。父の言うことは絶対であった。どんな場合であろうと誰も逆らうことは許されなかった。

ときどき、酒を飲んではひどく子どもたちを叱った。なんで叱られるのか叱られている当人には訳がわからない理不尽な叱責だった。

母は優しい人だったが、そんなときには、父に対して子どもたちを庇うようなことは決してしなかった。

いまになって、伏見にはそのときの父や母の気持ちが手にとるようにわかる。努力や意志ではどうにもならぬ時代のなかで、父も母も理不尽な生き方を余儀なくされていたのだろう。そのつらさや苛立ちが自分でも制御できなくなったときに、いちばん身近な弱い存在である自分の子どもたちにはけ口を求めたのだろう。

母は、父のそのつらさや哀しさが身に浸みてわかるから何も言えずに傍観するしかなかったのだ。

伏見は、ごく幼い頃から、家族のなかにいるとき、何かしら場違いな違和感のようなものをときどき感じていた。家族にだけではない、村の子どもや大人たち、学校や祭りなど、村の行事で人が大勢集まる所ではいつでも何となく居心地がわるくて落ち着かない気分になった。

人が大勢いると緊張してしまい、雰囲気にどう馴染んだらいいのか見当がつかずにぎこちなくなってしまう。そんな自分を自分自身がまた意識してしまうので、終いには、もうどうしていいのかわからなくなってひどく疲れる。

そういうわけで、伏見は集団で行動するのが苦手だった。独りで何かしているときがいちばん楽で落ち着けるのだが、もともと気弱で自己主張ができにくい性《たち》である。他の人と違うことをする勇気などあろうはずがない。

常に人の輪のなかに一緒にいて、目立たないように周りに同調したので、緊張しすぎてぐったりすることも多かった。しかし、このような生き方は、伏見自身が自分で選択したものである。やがてそれは習い性となり、伏見の生き方の外貌をつくることになった。

伏見は、どこにいても良い子であり、どんなときにも模範生であった。

両親はもちろん兄や姉たちもそんな末っ子の伏見が誇らしくて、だんだん期待を込めるようになった。

伏見は、ますます自分を正直にさらす機会を失っていき、周りからの期待にがんじがらめになってしまった。自分で自分を無理やり期待される通りの鋳型に埋め込んでいった。

伏見が、自分のありのままの気持ちを自分のなかに押さえ込んで、かくあるべき自分を演じてさえいれば、すべては順調で平穏だった。

伏見は、両親や教師たちの期待に充分に応えた。きちんとルールを守り、明るく素直で協調的。そのうえ、学業成績は抜群だった。

こんな伏見に、表立ったライバルは出現せず、誰もが一目も二目も置くようになった。

しかし、伏見は、そのような窮屈な自分を演じることにときどきひどく疲れた。

誰にも見られないところで独りになって、カチカチに凝った見せかけの自分をほぐしたり溶かしたりしなければならなかった。安心して自分をさらけ出してしまえる誰にも侵されない秘密の場所が必要だった。


伏見の家の庭先にクスノキの大樹があった。

樹齢二百年はゆうに超えている太い根幹から見上げる枝葉はこんもりと重なりあって鬱蒼としており、葉群れの内部は白昼のまぶしい陽光もとどかぬ昏がりである。

ときどき、伏見は、こっそり庭先のクスノキの大樹に攀じ登った。そこで、葉群れの昏がりに隠れて好きな本を読んだり、気ままな夢想に耽ったり、心の赴くままの自由で放恣《ほうし》なときを過ごした。

クスノキの樹上の昏がりで、伏見は見せかけの飾った衣装を脱ぎ捨てて裸の自分に立ち返り、独りっきり、思いっきり、想うままの宙宇を自由に飛び跳ねて心や身体をリフレッシュした。そこには、普段とはまったく違う伏見がいた。


村の中学校を卒業して自転車で町の高校に通うようになっても、状況は変わらなかった。

伏見は相変わらず、期待されるように生きつづけた。よく勉強し、成績は抜群で広域の模擬試験でも常にトップクラスだった。

そんな伏見をぜひ東大にと、教師たちは、経済的な理由で渋る両親を熱心に説得した。

伏見自身は、東大でも京大でもどちらでもよかった。村を離れ、町を離れて、知った人のいない新しい場所でとにかく自由になりたかった。さすらいびとのように未知の場所へ行くことで、息苦しい地続きの共同体から脱出したかった。

両親が教師たちの説得に応じたので、伏見は東大を受験することになった。本当は文系に行きたかったのだが言い出せないまま、担任教師のアドバイスに従って理系を受験して、町の高校創立以来初めての東大生となったのである。

大学でもよく勉強した。もともと文系志望だった伏見にとってはそれほど専攻したかった分野でもなかったせいもあるが、特別出来る学生ではなかった。可もなく不可もない平凡な東大生であった。しかし、伏見はそんな自分になんの痛痒も感じていなかった。

東京での四年間、伏見はほとんど帰省しなかった。

ふるさとを想わなかったわけではない。十八歳まで過ごした地である。目に慣れ親しんだふるさとの風景は懐かしく、実家の庭のクスノキの大樹は心に沁みて恋しかったが、帰省するとたちまち巻き込まれてしまうであろう田舎の濃い人間関係の渦がうとましかった。

両親には、手紙での近況報告は怠らなかった。

正直、わずらわしくて面倒だったが、爪に火を点すようにして節約しながら、自慢の末っ子が不自由しないようにと十分な額を送金してくれる老いた両親である。人の子としてそれなりの責任は果たしておかなければと思ったからである。

卒業すると大手エレクトロニクス企業の中央研究所に入った。就職を決めるとき、伏見にはどうしてもここにと志望する特定の企業や組織はなかったが、東大というブランドは絶大であった。伏見たちの前にはあらゆる業種が文字通り選り取り見取りで列をなしており、思うままに選択できた。

伏見がその企業に気持ちが動いたのは、当時は東京を拠点にした経営で世界各国に進出して業績を急拡大している名の知れた一大成長企業であったが、もとは関西にルーツを発しており、最近まで本社も大阪にあった。西日本育ちの伏見としては、何となく親しみを覚えたからである。

仕事はそこそこ面白く、給料もまずまずであった。

それに、どちらかというと自分のペースで仕事ができるというのが何より嬉しかった。

伏見は、自分なりの居心地のよい日常のなかで、気がつけば三十歳の半ば近くになっていた。

仕事の付き合いで飲んだり遊んだりはするが、特別に凝る趣味があるわけでもなく、浪費癖もなかった。

自分独りのときは、本を読んだり、音楽を聴いたりして過ごすことが多く、書籍とレコード以外に大した出費もなかった。もちろんローンを組んでのことではあったがゆっくりできる一戸建ての自分の城も手に入れた。

他人の目にも着実な生活設計ぶりに見えたらしく、いろんな人を介して見合い話や結婚話がひっきりなしだったが、独り暮らしの気楽さや気儘さがなんとも棄てがたくなかなか結婚する気にはなれなかった。そのうち、そんな話もだんだん間遠になっていった。

父が癌になった。胃癌だった。

太平洋戦争の激戦地で、召集兵の辛酸をなめつくし、一九四五年の敗戦直前の頃には兵士用の食糧も底をついてしまい、空腹を抱えながら食べ物を調達するのが兵士たちの日々の任務になっていた。そんなある日、空腹に堪えられず父たち十五人の小隊員は夜中に現地農民の畑にタロイモを盗みに入った。腹を空かした十四人は、汚水かも知れないから危ないと制止する父のことばを聞かずに、畑の傍の沼の水でイモを洗ってそのまま食べた。父だけが水で洗わずに銃剣で土を削り落として食べ、ようやく飢えを凌いだのだが、数日後、十四人はアメーバ赤痢を発症した。医薬品などあろうはずがない。感染するのを怖れた軍医が、十メートルほども離れた場所から、

「頑張れ、気を確かに持て」

とただ声をかけるのを聞きながら、十四人は排泄物にまみれたまま死んだ。遺族には戦病死と通知された。

一人だけ辛うじて生還した父から、長兄たちはその話を聞いたという。

復員した当初は、マラリアの再発に苦しんだらしいが元来頑健で、それ以後は病気らしい病気をしたことがなかった。医者には無縁で風邪を引いても寝込んだことがなかった父だったから、気がついたときにはすでに癌は胃壁を破って腹腔になだれこみ、あらゆる臓器に転移していた。

どうしてそれほど進行するまで気づかなかったのか不可解であるが、痛みがほとんどなかったのが気づくのを遅れさせた一因でもあったらしい。疲れやすかったり、食が細くなったりしても、年齢のせいだくらいに思っていたところ、ある日、突然、味覚がなくなり何を食べても酸っぱさしか感じられなくなった。ようやく異常に気づいて病院へ

行ったらしいが、もうその頃には食べ物が咽喉につかえて呑み込みにくくもなっていた。すでに為す術はなく、余命一か月と宣告されたが、父には余命は告げられなかった。

一週間ほど緊急入院して貧血の治療と栄養補給の点滴を受けると退院して自宅で自由に過ごすことになった。ほんのすこしであったが食べたいものを儀式のように口に入れつづけた。きっとイメージで食べていたんだろうと長兄は言っていた。戦地で飢えて憤死した戦友たちのことを思い出してでもいたのだろうか。

鎮痛剤入りの点滴の効用なのか、最期まで痛みをほとんど訴えず、床に就きっぱなしにもならず、亡くなる二日前まで普通に話して見舞いにきた孫たちに説教までしたそうである。

余命一か月と告げられていたのに、五か月余りを最期までまったく父らしく生きた。

父が亡くなったとき、母は伏見に言った。

「お父さんはあんな人だったから口に出しては何にも言わなかったけど、お前がいまだに独りでいることをそりゃ気にかけていたんだよ。もういい加減に身を固めてわたしらを安心させておくれな。それがお父さんへのいちばんの供養だと思うよ」

兄にも同じことを言われた。

兄弟姉妹七人のうち末っ子の伏見一人が三十歳の半ばを過ぎてもまだ独身のままだったからである。

「うん……」

生返事をしつつも、伏見の気持ちは結婚するという方向にはまったく向かっていなかった。

「ほんまにおまえ、独りでいるのもええ加減にしとけよ。どっか身体が悪いのんとちがうかと思われるで」

兄はきつい止めの一言まで吐いた。

「わかってるって……。そんなに心配せんでも……。そのうち決めるから……」

そう言って伏見は話題を逸らした。


出会いとは不思議なものである。

彼女との出会いは、ある日突然、まるで何かの約束事のように伏見の前にやってきた。

その日も伏見は会社の帰りに行きつけの書店に立ち寄った。いつものように店内は混んでいた。

新聞の書評で興味をそそられた本を探していたが見つからない。そこらを目で漁っているとようやく一冊見つかった。早速手に取ろうとした瞬間、伏見の手に誰かの手が重なった。

「あっ、失礼」

いきなり女性の声がして重なった手が引っ込んだ。

本から手を離しながら伏見が眼を上げると傍に若い女性が立っている。

「どうぞ」

また同時だった。二人は眼を合わせてなんとなく微笑んだ。伏見はその本を手に取ると彼女に差し出した。

「よろしいんですか。恐れ入ります」

彼女は素直に本を受け取り軽く頭を下げるとレジに向かった。

地味で目立たない雰囲気の女性だったが、伏見が買おうとしたあまり一般向けではない本をわざわざ買い求めるのが伏見にはちょっと気になった。

「あの……」

後ろ姿に伏見は思わず声をかけた。

彼女はちょっと振り向くと軽く頭を下げそのままレジに向かった。

あのとき、何が伏見をあのような行為に駆り立てたのだろう。伏見は客のあいだをすり抜けるようにして彼女の後を追い、彼女が出てくるのをドアの外で待った。

書店から出てきた彼女に伏見は再び声をかけた。

「あの……」

彼女は外で待っている伏見を見て一瞬たじろいだ。

「すみません、突然声をかけたりして……。あんまり姉に似ていらしゃるもんだから……。つい、どうも失礼しました」

嘘ではなかった。歳はずっと若いが、彼女は伏見の長姉にどこか似ていた。

彼女の警戒心を解くために伏見は名刺を差し出しながら、自分でも驚くことばが口を吐いて出てきた。

「もしお急ぎでなかったら、よろしければお茶でも一杯いかがですか」

彼女はちらっと名刺に視線を走らせ、ちょっと思案するふうだったが、伏見を見ながら黙って頷いた。

二人はお茶を飲みながらごく当たり障りのないことを喋って、別れた。それがきっかけで、ときたま会社の帰りに何となく会うようになった。

彼女は県庁に勤めていた。高校卒で採用され働きながら国立大学の経済学部二部を卒業していた。

勝気で向上心旺盛な骨太い性格で、男に伍して仕事をしても一歩も引けを取らぬというふうな女性だった。夢のようなことには無縁で、すべてに実利的で現実的だった。伏見とは何もかもが対照的だった。自分にはない、あるいは欠けていると自認しているものを、彼女が備えているように見えたから伏見は彼女に惹かれたのかもしれない。なかなか踏ん切りがつかずにぐずぐずと優柔不断な伏見は、彼女に背中を押され押し切られて、出会ってから一年後に結婚した。伏見が三十六歳、彼女は三十一歳になったばかりだった。

末っ子の伏見がようやく身を固めたのを見て安堵したのか、母は伏見が結婚して半年後に亡くなった。

共働きだったせいもあるかもしれないが、伏見は子どもが欲しいとはまったく思わなかった。そんな伏見を妻は詰《なじ》った。

「わたしはもう三十一よ。あなたはすぐに不惑に突入するわ。早く子どもを産まないと……」

「うん、まあ、しかし、そう急がなくても……。そのうちに……」

伏見は生返事をしながら、妻の矛先をかわしていた。この世に、またもう一人、自分の分身が出現するのかと想像するだけで、伏見は、身体の芯が鉛玉を抱えたようにずしんと重くなって落ち着かなくなる。

しかし、妻は妊娠し、無事、男児を出産した。四千グラムもある巨大児だった。

新生児室には、その日生まれた何人もの新生児たちがベッドに並んでいる。当時、病院での新生児の取り違え事件などが大きく報道されていたせいもあるのか、新生児たちは取り違えられないようにそれぞれ母親の名前を記入したタグを小さな足首に付けている。

なかに、その大きさと肌の色の赤さで他を圧している新生児がいた。頭髪は豊かに伸びて黒々としており、肩から背中にかけてふさふさとした濃い産毛が密生している。片方だけ見開いている両の目の上には眉毛が一直線になって一つに繋がっている。

どこから見てもひときわ目立ち、他の新生児たちと間違えようのない過熟児が伏見の子どもだった。

まだ、誰に似ているようでもなかったが、伏見は、そのとき、自分にではなく妻のほうに似ていてほしいと願った。


子どもの名前は「自由」と付けたかった。

「自由っていい名前だろ。天衣無縫で無限の可能性を秘めている」

伏見は、いつになく自説を主張したが、内心ではこうも呟いていた。

「自由をゆっくり発音してみてごらん。どうなるかね。ジ、ユ、ウ。ジ、ユウ。ジュ、ウ。ジュウ。そうなんだよ。ＪＥＷになるんだ」

妻の反対が強くて、「自由」では折り合いがつかずに他のいくつかの候補のなかから、最終的に「行彦」というのを選んだ。


行彦の生育は順調だった。

行彦を乳児保育所に預けて、妻は産休明けから職場に復帰した。

伏見は主任研究員になり、妻も昇進した。

忙しいが充実した穏やかな日々がつづいた。

そのうち、妻が二度目の妊娠をして女の子が生まれた。今度は伏見の希望通りに、「由衣」と名付けた。由衣はどこか伏見に似ているようだった。

行彦は四歳になっていた。大柄な妻に似て、発育のよい利発な子どもだった。

「男の子は母親に、女の子は父親に似るって言うでしょう。ほんと、その通りね」

妻はにこにこと満足そうだった。

由衣も順調に育っている。

二人の子どもを保育所に預けながらの共働きだったので、実にあわただしく忙しい日々ではあったが、伏見は家族のいることのほのぼのとした幸せに包まれて、生きていることにそれまでにない安堵を覚えていた。


伏見が、行彦のその癖に気づいたのはほんのちょっとしたはずみだった。

その日は日曜日で、妻は由衣を連れてデパートに買物に出かけていた。

伏見は行彦と二人ですこし遅い昼食をとった。いつものようにゆっくりとではあるがきれいに残さず食べた行彦の食器を台所に運んでいる途中、ふと、居間の外側のテラスに眼をやった伏見はぎょっとした。行彦がテラスの端にしゃがんで食べた物を吐き出している。

行彦は伏見に気づいていない。

伏見は行彦に気づかれないように台所の勝手口を出て外からテラスへ廻った。テラスの下の庭土に、行彦が吐き出したものが点々と散らばっている。

伏見はそのまま台所に戻り、素知らぬ顔で行彦を視線の隅で追っていた。

行彦は精一杯さりげない風を装いながら、台所をすり抜けると勝手口から外へ出てテラスに廻った。しばらくするとまたさりげなく戻ってきた。

伏見は、またテラスの外へ廻ってみた。さっき行彦が吐き出したものは影も形もなくなっていたが、よく見ると、新しい土をかぶせたような跡がそこここに残っている。

行彦は五歳になったばかりだった。

「やはり、こうなるのか」

伏見のどこかがずんと沈んだ。

「とうとうやってきたか……」

伏見をずっと領していたあの漠としたもの、不安と呼んでもよいものが現実になった瞬間だった。

伏見が、行彦にだけは似てほしくないと願っていた伏見と瓜二つの姿を、そのとき行彦のなかにはっきりと見たのである。

この出来事を妻に告げようかどうか、ずいぶん迷ったが結局黙っていることにした。このことを告げたとしても、妻にはたぶん、伏見の伝えようとすることの意味やニュアンスは理解されないだろう。

「そんな些細なことを気にするなんて……。子どもにはよくあることよ。バカみたい」

妻はそう言って一笑に付すだろう。

それに、妻に告げたところでどうなるものでもなかった。

伏見は、それまで以上に行彦のやることに注意をはらうようになった。いや、過敏になったというべきかもしれない。

行彦は公立の保育所からつづいて地域の公立小学校に入学した。幼稚園には通っていない。

当時、伏見の住んでいた地域は子どもを公立保育所に預けて両親共にフルタイムで働くような人はごく稀であった。

たいていの子どもは公立や私立の幼稚園から小学校に入学したので、顔見知りの友だちがたくさんいたが、行彦には一人もいなかった。

「友だちはできるだろうか」

伏見にはそれが気懸かりだったが、妻は楽天的で、

「保育所でもみんなと仲良くしてたでしょ。大丈夫、すぐ友だちはできるわ」

こともなげに言う。

「うん」

相槌を打ちながらも伏見は別のことを考えていた。

「あの行彦のことだから……、ここしばらくは登校するのにエネルギーが要るだろうな」

しかし、伏見の心配は杞憂だった。妻の言ったように行彦にはすぐに仲のよい友だちが数人できて、毎朝誘い合わせて元気に登校した。

「申し分のないお子さんです」

一学期の終わりの保護者個人面談で、担任教師は妻に告げた。

「ほらね、言った通りでしょ」

妻は手放しで喜んでいる。

二学期になり、運動会の練習が始まった。一年生は勉強そっちのけで毎日毎日、遊戯の練習をしたり、競技の訓練をしたりで、学校にいるあいだは教師の指示に従ってずっと集団行動をする。

伏見に似て行彦も集団行動はやはり苦手のようだった。家に帰るとぐったりしていたが、朝になるとまた元気に友だちと登校した。


運動会の当日は妻は出張でどうにもならず、伏見が休暇を取って参観することにした。大柄な行彦は一年生のなかで目立っていた。

運動はあまり得意なほうではないらしかったが、すべての種目を無難にこなしている。徒競走も二番でゴールインした。伏見は保護者席の後ろでときどきシャッターを押していた。

　演技を終えるとクラスの席に戻り、クラスメートたちはそれぞれ声を上げて楽しそうだったが、行彦の横顔は六歳の子どもとは思えないほど暗く疲れているように見えた。伏見は行彦に気づかれないように観衆に紛れた。その日の夕食は、運動会の話題で盛り上がった。

　参観してきた伏見は、行彦の演技のひとつひとつを手振りを交えて解説しながら褒めた。行彦のためというより伏見自身のためだった。そうしないと伏見自身が落ち着かなかったからである。


　学年が上がるにつれて行彦はクラスで際立つようになり、何をやってもいちばんできる子と思われるようになっていた。

　妻は私立中学に入れたいと望むようになった。

「ねえ、放っておいてもあれくらい成績が良いんだから私立にやりましょうよ」

　伏見は気が進まなかった。村の公立小中学校から田舎町の公立高校へ進み、塾になど一切通わずに現役で東大に合格した伏見にしてみれば、それは行彦の気持ちの問題だった。

「親が勝手にきめることじゃない。行彦がどう思っているかだよ」

「行彦の気持ちはもう聞いています。私立を受けたいとはっきり言っています」

「わかったよ。おれからも一度、訊いてみよう」

「早く決めないと間に合いませんよ。そういう子はみんなもう塾に行ってるそうです」

「そうかね。おれはいろんな生徒がいる公立のほうがいいと思うがね」

「何言ってるんですか。同じような能力のものが競い合うほうが効率的にきまってるでしょう」

妻は言い募って退かない。

伏見には自分に似て、何かと過剰に適応してしまう疲れやすい行彦のことが気懸かりだったのだが、妻もまた自分の気質を通して行彦を見ているのだろうから……。それはそれでどうにもならないし、仕方のないことだった。

行彦が自分で私立中学受験を決め、有名進学塾の入塾テストを受けたのは五年生になってからだった。

週三日の塾はハードで、毎回山のように宿題が出た。塾のある日は、遅い夕食の後、午前二時頃まで机に向かうようになった。それでも塾の宿題は全部終わるどころかすこしずつ積み残しが増えていく。手が空くと、妻は付きっきりで行彦の宿題を手伝うようになった。

行彦は、妻のようにパッと直感的に理解して記憶するというタイプではない。一つずつ得心しながら進む緻密なタイプである。短時間で量をこなさなければならない受験勉強には記憶力でねじ伏せる妻のようなタイプが向いている。

妻は、さっさと先へ進まぬ行彦に業をにやしてヒステリックに叱り飛ばす。行彦は行彦で、納得できるように説明しないですぐに解答を求める母親のせっかちな態度にふて腐れる。

書斎にいる伏見の耳に、行彦の部屋から聞こえてくる二人のやり取りが筒抜けである。伏見は書斎でじっと動かない。

妻が音を上げるのはたいてい算数である。行彦に食い下がられて伏見に助けを求めてくる。

行彦は、伏見の説明にはすぐ納得する。

「お父さんの教え方はわかりやすい」

いつもそう言って自分の部屋に戻っていく。

行彦は、伏見と同じ思考パターンや回路なのだろうか。

小学生になったばかりの由衣は、独り自分の部屋で好きなマンガを描いている。


学校と進学塾の両立は、行彦にはかなりの負担になったようだった。学校では、いままでどおり教師の意に沿う優等生であろうと努力する。一方、塾では、学校とまったく異なる価値観ですべての歯車が回っている。両方に律儀に適応しようとすれば、いわば股裂きの状態に陥ってしまう。両方共になんとかしようともがけばもがくほど、股は深く裂けていく。行彦の苦痛は日増しに募っていった。

妻は、そんな行彦を叱咤《しった》しつづけた。

「あなたには優れた能力があるんだから……。頑張ればできるのよ」

妻は、何事につけても、目の前にある目的や目標を最優先する。それを成功させるためには他のことはまあまあとお茶を濁しながら適当に手抜きをしてやり過ごしながら帳尻を合わせる現実的で効率主義の人間である。

行彦のように、律儀にアメーバのように偽足をのばす網羅的なやり方は非効率で馬鹿チョンに見えてしまう。

自分のやり方こそが合格への近道だと信じて疑わない妻は、自分流のやり方を行彦に押し付けながらひたすら叱咤激励する。行彦は行彦で、頑固に自分のやり方に拘る。妻の性格も行彦の気質もわかっている伏見は傍観するしかなく、外で仕事に逃げたり、家では書斎に逃げ込んで耳を塞いでいた。

それでも行彦は塾でそれなりの成績を挙げ、第一志望の中学を受験した。試験が終わって出来具合を尋ねた伏見に、行彦は一言、難しかったと応えただけだった。

合格発表の日には妻が行彦に一緒に見に行こうと誘ったが、行かずに居間で伏見とテレビをみていた。

独りで見に行った妻から結果を知らせる電話が入ったときも、行彦は電話に出るのを嫌がり、伏見が代わりに出た。結果は不合格だった。

残念だったと告げると、黙って居間から出て行き自分の部屋に入った。

妻が戻ってきても部屋から出てこない。

心配になって伏見と妻が覗きにいくと行彦はベッドに横になってびっくりするほど鼻血を出して泣いていた。

気休めやおざなりの慰めなどは一切拒絶したその哀しいさまに、伏見も妻もことばを失い、ただ、黙って見守るしかなかった。


行彦は地域の公立中学校に入学した。私立受験の失敗などどこ吹く風とばかりに元気に通学した。

クラブ活動では、ブラスバンド部に入部して、朝練と呼ばれる始業前の早朝練習にも参加するようになった。

行彦の通う中学校のブラスバンド部は、毎年、全国コンクールに出場して入賞する常連校で、最高の金賞を取ったことが何度もある。

部員は一〇〇人近くもいて、練習の厳しさでも有名だった。

一年生の新入部員たちは、毎日毎日、二、三年生の先輩部員たちに厳しくしごかれてへとへとになり、勉強どころではなくなる生徒も出てくる。

そのうち、入学時に憧れて入部したものの、その猛烈な練習ぶりに随いていけずに辞めていく新入生がちらほら出てくるようになる。

このまま続けるか、辞めるか、どうする？

毎年、同じような時期に新入生たちはその分岐点を迎えるのだが、行彦は平気なようだった。

私立中学受験のために勉強した蓄えがかなりあったおかげだろうか、たいして勉強しなくても成績は常に学年トップに位置していた。

それに細身の長身で姿がよいので一年生のなかでは結構目立っていて、女子生徒にも人気があるということだった。

そんな行彦が、伏見や妻の知らない学校生活の見えないところで苦しんでいるなどとは夢にも思っていなかった。

行彦が属しているブラスバンド部が校内でもっとも脚光を浴びるのは体育祭や文化祭などの学校行事である。

まだ一年坊主の新米である行彦が上級生の先輩たちをさしおいて、二学期の文化祭と体育祭に目立つパートのメンバーとして出演したときからそれは始まっていたらしい。

一九九七年三月二十四日（月曜日）

その日、行彦の中学校は終業式だったが、夕食の時刻になっても行彦は学校から戻ってこなかった。何の連絡もしてこなかった。用事があるときには予定を書きこんでおく台所の連絡板にもメモはなかった。妹の由衣に尋ねても何も知らなかった。こんなことは初めてだった。

夕食の時刻から一時間が過ぎ、二時間が過ぎたが行彦は戻ってこない。心配になってじりじりするが、かといってやみくもに捜すわけにもいかない。中学生にもなって親が子どもの友達に電話するのも憚られる。時計の針を見つめながらひたすら待つしかなかった。

九時をすこし過ぎたとき、玄関ドアが軋むような音を立てて開いた。見たこともない姿の行彦がどたりと倒れこんだ。

制服は泥だらけになり、上着の袖の片方が引きちぎれている。顔は試合直後のボクサーのように腫れてふくれあがっている。靴も鞄も何もかもが泥だらけでぐちゃぐちゃに汚れている。

伏見はすぐに浴室へ連れていき、妻は着替えを取りに二階へ駆け上がった。何にも言われないのに、小学校三年生の由衣は冷えてしまっている四人分の夕食を食卓から台所の電子レンジ台まで運んだ。

風呂から上がってパジャマに着替えてからも、行彦は自分の部屋からなかなか出てこなかった。何度も呼びに行ってようやく出てきた行彦を囲んで、家族四人は電子レンジで温めなおした遅い夕食をとった。

食事をしているあいだ、四人は必要なことば以外は一言もしゃべらなかった。

夕食が終わると、由衣はすぐに自分の部屋に入り、妻は台所に立った。伏見は行彦を促がして居間のソファに並んで腰を下ろした。

黙って自分の部屋に引きあげた由衣はともかく、伏見はそのあいだずっと行彦にかけることばを探していたのだが、見つからずに黙ったままだった。妻もきっとそうにちがいない。

台所の片付けを済ませた妻が居間にやってきたときも伏見と行彦はソファに並んで黙ったままだった。

行彦の前のソファに浅く前屈みになり、膝に右手で頬杖を突くと、妻は大きな溜息を漏らした。

「誰にやられたの」

最初に口を開いたのは妻だった。

「別に……」

行彦が呟くように応じる。

「別にってことはないでしょう。あんなに酷い状態でびっくりするほど遅く帰ってきたじゃないの」

「うるさいな。もう、いいんだよ」

顔を伏せたまま、いら立たしそうに言う。

「よくはありません。何もわからないじゃないの。みんな随分心配したんだから……」

「うるさい！　何でもないと言ってるだろ」

行彦は伏せていた眼を上げると妻を睨みながら、声を荒げて吐き捨てるように言った。

「言いたくなければ仕方がない。でもな、行彦、みんな随分心配したんだよ」

伏見がそう言うと、行彦はちらっと視線を伏見に投げると、黙ったまま居間から出ていった。

「むずかしい年頃になったわね。前はあんなじゃなかったのに……」

「まあな」

「あなた、ちょっと一緒に来てくださいな」

妻はそう言うと伏見を浴室の脇の洗濯場に誘った。

「ちょっと、これ、見てください」

妻は、行彦が脱ぎ捨てた泥だらけの制服の胸ポケットから生徒手帳を取り出した。どのページにもおびただしい悪戯書きがあった。どれもみんないろんな色のボールペンやサインペンで書かれており、消そうにも消しようのないものだった。

どれほどの人間の手に渡ったのか、生徒手帳はボロボロだった。

ひしゃげて泥だらけの通学鞄を開けた。どのノートも落書きだらけだった。すこし小ぶりの几帳面な文字で整理された行彦のノートに乱暴になぐり書きされた大きな悪戯書きが躍っている。

伏見と妻は、行彦がこれまで学校でどんな目に遭っていたのかをまさに目の当たりにしたのである。


「行彦はもう寝たかしら。明日の朝までに何とかしなくっちゃ」

妻はそう言いながら、片付けはじめた。

「服と鞄だけきれいにしておいてやれ。後は触るな」

それだけ言うと伏見は書斎に戻ったがどうにも落ち着かない。わかりすぎるほどわかる行彦の気持ちが伏見の胸を刺し貫く。予定していた仕事も手につかない。

妻は怒りで黒焦げになっていることだろう。矛先は当然、行彦をこんな目に遭わせた加害者たちに向かってらんらんと燃えている。がしかし、その怒りの矛先は、いずれ行彦に向かっていくのは火を見るより明らか。妻はそういう性《たち》である。

行彦の弱さと不甲斐なさを嘆いて、もっと強くなれと、ムチを当て叱咤《しった》するだろう。

伏見には行彦の疲れが気にかかった。

何ごとにつけ自分を押さえ込んで周囲に過剰に適応してしまう伏見とそっくりな行彦

が気がかりだった。力尽きたときの行彦が心配だった。

しかし、なぜ、行彦のような生き方が、いまどきの中学生たちには受け容れられないのだろう。行彦のどこが気に食わなくて、彼らはあれほど行彦を痛めつけたのだろう。

その原因や理由がよくわからないだけに伏見は不安だった。口を閉ざした行彦が話してくれるはずもない。

山深い小さな里の学校でずっと優等生で通し、みんなから一目も二目も置かれてはいたが、いじめなどとは無縁だった自分の中学生の頃を思い起こしながら、伏見は、夜の沼の闇の底に引きずりこまれるようだった。


翌朝、行彦はなかなか起きてこなかった。

学校は春休みに入っていたがブラスバンド部の練習はあるはずだった。

行彦の部屋の外からひと声かけると、伏見は妻より早くに出勤した。

その日はどうにも気分が重くて帰宅する気になれず、伏見は遅くまで研究室に残った。仕事はちっとも捗らなかったが、そこにしか居場所がないような気になっていた。独りでじっとしてどこにも行きたくなかった。

デスクを背にして回転椅子に凭れながら、伏見はぼんやりと視線を泳がせた。

ここにこうしている自分は幸せだったといえるだろうか。答は即イエスだ。ここは居心地がいい。もちろん、企業の研究所だから研究や開発も社益が最優先されるのは当然のことである。しかし、業績や地位を求め過ぎてそれに振り回されたりしなければ、研究者としての本来あるべき創造性の追究それ自体が受容される雰囲気がまだ残されている数少ない職場ともいえるのである。それはこの企業が経営に自信とゆとりをもっているからでもあろう。

人は自分のために何かを選択するときは疲れない。研究したり創造するという営為は、自分の選択におおかた委ねられているということ。それが、曲がりなりにも許容される職にあることは幸いだった。

ドラマチックな人生など望んだことはない。

穏やかで自分の意思で手足を伸ばせるちょっとばかりの自由が手に入ればそれでよかった。今まで家族四人、そのように生きることができた。

遅い帰宅だったが妻はまだ起きていた。

伏見独りだけの遅い夕食に付き合いながら、妻は話の糸口を探っているようだった。顔つきからそれはすぐに読み取れた。

「由衣に聞いたんだけど……、行彦ね、今日、一日じゅう起きなかったみたい」

「食事はしたのか」

「自分の部屋で何か食べたらしいけど……」

「あんなことがあった後だ。そっとしておいてやれ。春休みだろ」

「ブラスバンドの部活動は毎日あるはずよ」

「いいじゃないか。二、三日休むと連絡しておいてやれ」

「そうよね、ちょっと様子を見てみましょうか」

「そうしたほうがいい」


妻は食器の後片付けを始め、伏見は何ということもなしにテラスに出た。

丸い花芽がまだまだ固い庭のハナミズキが黒い幹から細い枝を弧状に四囲に伸ばし、網の目のように重なり合ってゆるゆると天に向かっている。

その梢の先端に触れる辺りに下弦の月がうすく光っている。

見上げている伏見の視界に、やがて西の方から薄墨色の叢雲が近づき見る間に月を覆った。

視線を釘づけにしたまま、伏見は雲間に隠れた月が出てくるのを待った。雲間からうすい光が洩れたかと見るまにまた押し寄せる叢雲に光は隠れてしまう。

その叢雲のように自分に忍び寄ってくる自分を脅かし怯えさせるものの姿を、そのとき、伏見は暗い夜の静謐のなかに確かに見ていた。それは胸を衝く不安だった。

次の日も行彦は朝起きてこなかった。

その次の日も、また次の日も、起きてこなかった。

一日じゅう、自分の部屋に閉じこもり、朝食も夕食も家族と一緒にはしなかった。

妻は年次休暇を取って二、三日行彦と一緒に家にいたが、行彦の状態は変わらなかった。

誰かが家にいると行彦は自分の部屋から一歩も出ず、家族の誰も行彦と話すことはできなかった。

二年生の新学期が始まったが、行彦は自分の部屋から出てこなかった。内側から自分で錠を取り付け鍵を掛けて誰も入れなかった。

仕事から戻ると、伏見と妻はかわるがわる行彦の部屋のドアを叩いて話しかけたり宥めたりしたが、行彦は出てこなかった。

妹の由衣だけが、両親の留守のあいだに部屋から出てくる行彦とときどき話すことができた。由衣が、行彦と家族をつなぐ唯一のメッセンジャーだった。

朝出勤するとき、妻は居間のテーブルに行彦に宛てた手紙を置くようになった。

由衣が登校して誰もいなくなると、行彦は自由に振舞っているらしかった。独りでそれなりに勉強し、それなりに過ごしているようだった。

行彦が登校しないので、妻はもっともらしい口実を設けてしばらく欠席させてほしいと学校に届けた。事実を話す勇気はまだ伏見にも妻にもなかった。


家族のなかで何かがすこしずつ変質しはじめた。

小学校四年生になった由衣は急に大人びて雰囲気に敏感に反応するようになり、たいてい自分の部屋で過ごすようになった。大まかで朗らか、細かいことには頓着しなかった妻が、絶えずいらいらするようになり、声を荒げることが多くなった。伏見はますます書斎に逃げ込んだ。

居間のソファでくつろぐ者はいなくなり、家のなかをうそ寒い風がすうすう吹き抜けていた。

ついこの間まで疑いもしなかった家族という名の結び目がじりじりとほどけ始めた。

行彦を何とかしなければ……、何としても閉じこもりの部屋から出さないと……。行彦が自分から出てくるのをもう待ってはいられない。強行突破するしかない。

伏見はルールを破ることにした。

それまでは、家族であろうと自分以外の部屋に入るときには、かならずノックして承諾を得ることになっていた。行彦にもずっとそうしてきたのだが行彦を連れ出すためには内側から掛けられたドアの錠を壊すしかない。

伏見はドアをこじ開ける工具を手にして妻と行彦の部屋に向かった。

「行彦、ここを開けてちょうだい」

もう何度繰り返したわからないことばを妻はまた繰り返した。何の反応もない。

「行彦、ドアを開けなさい。開けないとこっちから入るぞ」

伏見はドアを激しく叩きながら叫んだ。

「うるさい！　あっちへ行け！」

尾を引くような行彦の声がした。

「ドアをこじ開けていまから入るぞ」

そう宣言すると、伏見はドアの蝶番を壊しにかかった。家じゅうに烈しい破壊音が反響したが、行彦の部屋からは何の反応もない。

妻と共に部屋に入ると行彦はベッドに腰掛けていたが、二人をちらと見ただけで何も言わなかった。

部屋は意外に片付いている。

静かで哀しい時間が無言の三人を包んだ。

行彦は、ずっとこの瞬間を待っていたのではないかと、伏見はふと思った。

「どうするつもりなんだ、こんなことをして……」

「ほんとにどうするつもりなのよ。学校、もう二週間以上も休んでるのよ」

行彦は無言だった。

「担任の先生には風邪をこじらせて体調を崩していると連絡しておいたけれど……。そんな言い訳いつまでもつづけられないわよ」

行彦が呟いた。

「勉強はしている。学校には行きたくない。放っといてくれ」

「そんな言い方ないでしょ、親に向かって……。お父さんもわたしもこんなに心配しているのに」

「じゃ、どう言えばいいんだ。邪魔するな、もう二人とも出て行け！」

行彦が怒鳴った。乱暴な言葉遣いだった。

これ以上何を言っても無駄な気がした伏見は、行彦に近づくとまともに視線を合わせた。

「まあ、自分でよく考えてみるんだな。ほんとにどうしたいのか」

そう言うと、まだ何か言いたそうにしている妻を促して部屋を出た。

結局、二人は行彦の部屋に無理矢理入っただけで、行彦を部屋から連れ出すことはできなかった。

行彦の部屋から出て居間に向かいながら、伏見は行彦に対してそれまで味わったことがない感情が込みあげてくるのを覚えた。それは明らかに敵意と呼んでもよいものだった。

伏見のどこかで何かがぐしゃりと崩れた。

まったく学校に行かなくなった行彦は、やがて、何かと面倒をみようとする妻に暴力を振るうようになった。

妻が一言何か注意めいたことでも言おうものならひどく暴れた。両方を宥めようと説得するが、腕力で制裁するなどということには無縁な伏見にとってはそれはむずかしく、己《おのれ》の無力を痛感するばかりだった。

妻に向かう行彦の暴力はだんだんエスカレートしていった。聞くに堪えない罵詈雑言を浴びせながら、顔や腕など見えるところを狙って殴る蹴るを繰り返すようになった。もう伏見の制止も一切無駄だった。

妻は顔や腕に痣をつくり、瞼を腫らしたまま出勤することもあったが、仕事を休んだりはしなかった。気丈な妻が職場ではどんな言い繕いをしているのだろうと胸が痛んだ。

恥も外聞もなくなった。もうどうにも取り繕いようがなくなり思いあまった妻は、行彦の担任に総てを打ち明けて相談した。

担任のヴェテラン女教師は知り合いだというスクールカウンセラーをしている臨床心理士を紹介してくれた。

そこを訪ねて一部始終を洗いざらい話して助けを求めた。

すぐに母親を子どもから離して別のところに緊急避難させる。父親は一緒に生活して子どもに寄り添いながら全的に受容する。父親として承服しがたいように思える要求であっても、できるだけ受け入れるように努力してほしいと助言された。

他に手立てもない妻は、その助言に従って由衣を連れて家を出ていき、電車で三十分ほど離れたところにマンションを借りて別居することになった。

四人が別々に暮らすようになるなど思いもかけない成り行きだった。家族は真っ二つに裂かれた。


妻と娘の去った家で、伏見と行彦とふたりだけの生活が始まった。

伏見に対しては、妻のときのように暴れたりはしなかったが、伏見が家にいると、自分の部屋から出てこなかった。ドア一枚を隔てて、伏見は行彦と向き合った。開かないドアをノックして、応えない声に話しかけたが、行彦は黙したままである。伏見はどうにかして行彦を理解したかった。参考になりそうな本を買ってきては読み、買ってきては読んで、あれか、これかと、試行錯誤しながら行彦に接したが、結局は、日々の息が詰まるような時間に辛抱強く耐えるしかなかった。

異変は、突然やってきた。

その日伏見は、どうしてもしなければならない仕事のために帰宅するのが深夜近くになった。

家の前でタクシーを降りようとして、行彦の夕食の作り置きがないことに気づいた。仕事に追われていてうっかりしていた。

しかし、すでに深夜である。もう間に合わない。行彦もきっと冷蔵庫にあるものを何か食べて眠っているだろう。

そう思ったものの、伏見はまたコンビニまでタクシーを走らせて行彦の気に入りそうなものを買い込んだ。

居間に入り上着を脱ぎかけたとき、行彦がぬっと姿を現した。伏見は意表を衝かれてぎょっとした。こんな深夜に行彦が居間に入ってくるなんぞ、伏見の意識にはかけらもないことだった。

「おう」

虚を衝かれた伏見は言った。

凄い形相で行彦は伏見を睨んだ。

「おまえ、俺様を飢え死にさせるつもりか」

仕事で疲れ切ってゆとりを失っていた伏見は、行彦のことばにこころが冷えた。

「親に向かってその言い方はなんだ。お父さんはいままで働いていたんだぞ」

「ふん、子どもを飢え死にさせてかよ」

「行彦、おまえ、夕食ぐらい自分で作れるだろう」

売りことばに買いことばだった。折角コンビニで行彦の好物を仕入れてきたのに、それを言い出す前に、伏見の口から勝手にことばが飛び出した。

「おまえ、俺様の言うことは何でも聞くと言っただろ」

「時と場合による」

「この嘘つき野郎！」

いきなり、行彦が伏見の胸倉を摑んだ。

「いい加減にしろ」

伏見は行彦の手を振りはらおうとしたが、伏見よりずっと大柄な行彦の力には及ばない。伏見は突き倒されてソファに倒れこんだ。

怒りが激しい炎になって伏見の全身を貫いた。しかしすぐに深い疲労がやってきた。

「コンビニで買ってきたものがそこにある。食べなさい」

それだけ言うのがやっとだった。

伏見は寝室に入るとベッドに倒れこんだ。もう風呂にも入りたくなかった。


恐ろしい日々が始まった。

伏見の帰りをじっと待ち構えているのだろうか。帰宅して居間に入ると行彦がぬっと姿を現す。まるで巨大なニシキヘビが鎌首をもたげてするすると近づいてくるように不気味だった。

巨大なニシキヘビに見入られて身動きできなくなっている伏見に、つぎつぎに要求が突きつけられる。その場でできることは何でも受け入れたが、できないことが必ずあった。

「行彦、それは、いま無理だよ」

「おまえ、俺様の言うことは何でも聞くと言っただろ」

十分にウォーミングアップした低い声とともに行彦のパンチが伏見を襲う。

何一つ抵抗しないで、伏見は行彦の気が済むまで殴られる。行彦の荒い息遣いを耳許で聞きながら、伏見は、ふしぎに行彦を憎んでいない自分を感じていた。伏見の身体に食い込む行彦のパンチの鈍い音が、なぜか、ときどき、行彦の泣き声のように聞こえたのである。

行彦を立ち直らせるのはもう自分しかいない。

一九九八年三月末に伏見は会社を辞め、四月から拘束時間の短い予備校の講師になった。

別居している妻にも事態を告げ、伏見の決意を伝えた。

行彦の学校と連絡をとりながら、臨床心理士の資格ももっている精神科医のカウンセリングを受け始めた。

目についた参考になりそうな新しい本も手当たりしだいに読み漁った。しかし、行彦の状態はよくならない。

医師は入院して治療を受けてはどうかと勧めた。伏見は別居している妻に相談した。妻は即座に入院には反対した。反対する根拠をいつもの調子で畳み込むように並べ立てた。妻の言い分にも一理があるようだった。伏見自身も、正直迷っていたので結論は先延ばしになった。

毎日が同じことの繰り返しだった。

来る日も来る日も、行彦は、伏見の差し出す手を叩きはらい、話しかけることばを悪たれ口で遮った。

行彦と伏見のあいだに横たわる糸口のない闇の地獄はさらに深くなった、伏見は疲れて途方に暮れた。

書斎へ逃げこみ、書籍へ逃げこんでみても、もはや、そこは伏見のサンクチュアリではなくなっている。

それでも伏見にはそこしか居場所はなかった。

いまも、結局書斎へ逃げ込んでいるだけではないか。

ここにこうしてうずくまっている自分は、いったい何処へ向かえばいいのか……。

伏見は、息苦しくなって窓を開いた。

冬の冷えた夜気が、一陣の寒風となって吹き込み、机上で開いたままの旧約聖書のページを繰った。

わが魂の愛する者よ、
あなたはどこで、あなたの群れを養い、
昼の時はどこで、それを休ませるのか、
わたしに告げてください。
どうして、わたしはさまよう者のように、
あなたの仲間の群れのかたわらに、

いなければならないのですか。

ひらひらとめくれたページは「雅歌」の第一章七節を指している。伏見はクリスチャンではないが、聖書は、新約聖書も旧約聖書もよく読んでいる。旧約聖書の方が好きで新約聖書の何倍も繰り返し読んでいる。伏見は聖書を手に取り、あらためてページを開いた。栞《しおり》がなくてもすぐに開けられるほどに何度も読んだ「ヨブ記」である。

今は、わたしの魂はわたしの内にとけて流れ、
悩みの日はわたしを捕らえた。
夜はわたしの骨を激しく悩まし、
わたしをかむ苦しみは、やむことがない。
それは暴力をもって、わたしの着物を捕らえ、
はだ着のえりのように、わたしをしめつける。

ページを繰っているうちに第三十章十六節になり、十七節、十八節に……。

もう、何度繰り返して読んだことだろう。

伏見は、聖書を机上に戻した。

開いたままの窓から吹き込む冷たい夜風がまたページをひらひらとめくっている。

伏見は窓際に椅子を廻した。寒さは感じなかった。

視線のさきに暗い昏い冬の闇が広がっている。その漆黒に目を凝らしながら凝然としている伏見に、ひたひたと近づいて耳許で囁く声がする。

「休息せよ。休息せよ。もう十分生きたではないか」

一九九八年十二月二十七日（日曜日）

伏見は行彦の部屋に向かった。

もう鍵を掛けなくなっているドアをそっと開いた。

行彦はぐっすり眠っている。百八十センチはゆうにある長身を海老のように曲げて、両手と両脚で掛け布団の端をぬいぐるみでも抱くように挟んで眠っている。無精ひげが薄く伸びた青白い寝顔が、無心の童子のようだった。

ドアを閉めて部屋から出ると、伏見は納戸へ入り、押入れの奥から〈行彦〉と書かれた大きなダンボール箱を取り出し、ガムテープを剥がした。

ぎっしり詰まった内容《なかみ》を床にぶちまけると、行彦と伏見の過ぎた日々がパノラマのように広がった。

伏見は、金属バットとグローブを拾い上げた。伏見に似て運動のあまり得意でない行彦に初めて買ってやったものである。

小学校三年生の行彦が真新しいバットとグローブを両手に抱えて、伏見に向かって駆けてくる。

「おとうさーん、野球をしようよ」

「よーし」

伏見が応える。

過ぎてしまった遠い日が伏見を呼んだ。

行彦、もう楽にさせてやるからな。

伏見は金属バットを握りしめてふたたび行彦の部屋に向かった。

片手で背後にバットを隠し、伏見はベッドに忍び寄った。行彦は左半身を下にしてやはり胎児の形で眠っている。

渾身の力を込めて伏見は行彦の右こめかみに金属バットを振り下ろした。

ぐふっという鈍い音がして、行彦が目を開け、伏見を見た。何の抵抗もしなかった。

「おとうさん……」

低い声で呟いた。

伏見は無言で金属バットを振り下ろしつづけた。

気が付くと行彦は死んでいた。血は流れていなかった。ベッドを整え、行彦の身体をていねいに身繕いして横たえ、掛け布団をすっぽり被せるとその上にバットを置いて部屋を出た。


伏見は動転していない自分がふしぎだった。

昨夜から放ったままになっていた居間や台所を片付けた。それからゆっくりと入浴した。

妻と長兄に宛てた封書を二通書き、書斎の机の上に置いた。やり残していることがないか、もう一度確かめてからスーツに着替えた。

午前六時十三分だった。

妻に電話した。

休日の妻には早すぎる時刻かもしれなかった。眠そうな声が受話器を通して聞こえた。

「もしもし、ああ、おれだ。いまから言うことを肚を据えて聞いてほしい。慌てるな」

受話器の向こうに緊張感が走った。

「行彦が死んだ。おれが殺した」

妻の悲鳴が受話器を伝って尾を引いた。

「まだ誰にも言うな。由衣は今日、一日じゅう塾の特訓だったな。そのまま行かせてやってくれ。何も言うな。おまえはすぐにこっちへ来てくれ。八時までには来れるだろう。待っている。どうするかはそのときに話す。動転するな。気を付けて来てくれ。すべてもう終わったことだ。じゃ、電話を切るぞ」

妻の嗚咽が伏見の耳を烈しく衝いている……。

伏見は書斎に入ると、まだ封をしていない妻宛の封書から書置きを取り出してもう一度読んだ。

「私が居ないのであなたは驚くだろう。家中探して、最後に書斎へ入る。そこで、私の書置きを見つけるだろう。わかってほしい。行彦と私は二人で滅びる。悲嘆と苦痛を乗り越えてあなたと由衣は生きていく。

顔は私に似ているが、由衣はあなたにそっくりだ。何でも自分で摑み取る。押されたら押し返す。叩かれたら叩き返す。踏まれたら踏み返す。いつでも、どこでも、自分で自分を転がしながら自分自身を造型できる柔らかくて固い塊だ。

外見はあなたによく似ているが、行彦は、私と同じ薄い色をした流体だ。目の前にある容れものに合わせて自分を造る形をもたない流体だ。容れものが変われば形も変わる。容れものが壊れてしまえば流れ出て土に浸み込むしかない。

しかし、人は呼吸し生きて働く生命体である。形を容れものに委ねる流体といえども、適応という名の修復力を持っている。私の容れものは何度も変化したり傷ついたりしたが、その度に、変化や傷に対応しつつゆっくりと修復力を身につけるゆとりがまだ残っている時代に育つことができた。私は大きく壊れることもなく今日まで無事に生きてきた。幸いだった。

行彦は、絶えず変動する容れものに揉まれながら、触れると指が切れそうな遊びもゆとりもないピーンと張った糸のような緊張の時間を生きていたのだろう。傷ついた自分の小さな修復を繰り返しつつ……。

そして、一九九七年三月二十四日、あの終業式の日に、行彦の修復力を大きく超える激烈な破壊が行われたに違いない。

行彦は壊れてしまって、修復不能になったのだ。あのときから、行彦は自分の形を失ってじくじくと流れでるしかなかったのだ。痛ましい限りだ。

ミネルヴァの梟《ふくろう》は叡智のつばさを広げて夜の空へ飛び立つ。しかし、知恵を失った私は、もうつばさを広げることはできない。疲れて萎えたつばさを閉じたまま、冬の夜空を奈落の闇へ落下する。

ものみなすべて果つるところ、あまねく安息の地へ私と行彦は、二人して出かける。悲しまないでくれ。これでいいのだ。赦してくれ。

申し訳ないが娘の由衣をよろしく頼む」

翌二十八日付朝刊の社会面に小さな記事があった。

「二十七日午前七時十五分ごろ、阪急K線U駅発S行き特急電車がM駅を通過した際、中年のサラリーマンふうの男性が電車にはねられ死亡した。ホームにいた人が男性が自ら電車に飛び込むところを目撃したという」

二〇一四年　春

枕許で携帯電話のアラームがけたたましい音を立てた。

「おはよう、今日も一日元気で過ごしてね」

娘の由衣が入力してくれた画面のメッセージを見ながら、伏見登志子はいつものように終了ボタンを押した。午前六時である。手早く身繕いをすると二階の部屋の窓を開け放って階下へ降りた。

居間のテレビのリモコンボタンを押してNHKEテレビに合わせると居間や和室の窓を開いて朝の空気を入れる。台所で浄水器から電気ポットに水を入れてスイッチ・オン。ついでにコップ一杯の水を飲む。

六時二十五分、テレビ体操の時刻になる。テレビに合わせて十分間体操をする。

郵便受けから朝刊をとってくる。

ポットの湯を急須に注いでお茶を淹れる。

全開にした掃き出し窓から薄いカーテンを揺らしてさわさわと春の風が吹いてくる。

ソファに腰を下ろして、独り、にぎやかな春の盛りの庭を眺めながら、ゆっくりとお茶を飲む。

あれから十六年、ずうっと登志子はここに住んでいる。独りには広すぎる家である。伏見の書斎も行彦の部屋もあの日のままである。ときどき窓を開けて空気を入れ替えるが、掃除はほとんどしない。何一つ動かさずにそのままである。

しんとした時間、書斎から伏見の声がする。行彦の部屋からも声がする。空耳ではない。登志子の耳の奥で二人の声が穏やかに響き合っている。

娘の由衣は十八歳で家を出たまま。ときたま、ちょっと戻るくらいでもうこの家に住むことはあるまい。

この四月から国立K大学付属病院の研修医になって心療内科に勤務している。忙しいのか滅多に連絡してこないが元気でやっているのだろう。

「さてと……、今日の予定は……」

ソファから腰を上げながら伏見登志子は独り呟いた。

クロノスの庭

時はすべてを呑み込みまた吐きだす

そう、あれからもう二十年以上が過ぎた……

そのころ、私は、フルタイムで働いていた。心身ともにけっこうハードで忙しい仕事だった。

当時はまだ週休二日制は制度化されておらず、月曜日から金曜日まで一日八時間の実労働時間と土曜日は半ドンといって十二時四十五分までが就労時間だった。しかし、これはあくまで就業規則の原則であり、建前であって、実際は、毎日一時間程は残業していた。それでもその日処理できなかったものは家に持ち帰った。

土曜日も、何やかんやの後始末を終えると帰宅は午後三時を過ぎる。日曜日は、完全に休めるかというとこれも不測の出来事などがあって出勤しなければならないことがある。

残業手当などは一切ないし、休日出勤手当もない。すべて自主的勤務である。

四十の坂を超えてからは疲れが一晩では回復せず、つぎの日まで残るようになって、何となく体調の端境期《はざかいき》を感じるようにもなっていた。とにかく忙しかった。

そのうえ、高校一年になる長男が、といっても一人っ子であるが、彼がまた頭痛のタネであった。

数学の幾何の問題の解をめぐって担当教師と言い争い、学校に行かなくなっていた。毎日普通に家を出ていくので何の心配もしていなかったのだが、二週間も無断欠席しているという学級担任からの電話で、事実を知って慌てた。

授業をサボってどこへ行っていたのか……。

しぶしぶ白状したところによると、公立図書館や映画館で時間をつぶしていたらしい。忙しい私が五時に起きて作った弁当を学校に行かずに図書館や映画館で独りで食べて、素知らぬ顔して帰宅していたんだと思うと怒りより先に悲しさがこみ上げて涙がでた。

もともと親が言うことを素直に聞く性格ではないし、その年齢でもない。夫に相談しようにも、仕事と付き合いで、帰宅は午前様になることもしばしば。日曜日も自分の趣味や付き合いで出かけていくので家に居ることはまれ。家は寝るだけにひとしい母子家庭の態である。

そんなわけで、夫に相談できるはずもない。それまで仕事も家庭も何とか回っていたのは、さいわい三人が健康であり、それほど深刻な問題に向きあわずに済んでいたからである。

そんなこんなで、そのころ私は心身共にくたくたになっていた。しかし仕事を辞めるという選択肢は私にはなかった。

私が「星ケ丘」に転勤希望を出そうと思ったのはこの時期だった。

「星ケ丘」は、残業もなく定時に帰宅できるといわれているまれな職場だった。にもかかわらず希望者は毎年多くなかった。それにはそれなりの、私たちを怖気させる理由がうわさとして囁かれていたからである。

私が、「星ケ丘」に転勤希望を出そうと思うと相談すると親しい同僚は驚いて言った。

「あんた、何考えてるの、あそこがどんなところか聞いているでしょ。うわさは本当よ。あそこにいた人から直接聞いて知っているんだから。悪いことは言わない、絶対止めといたほうがいい」

しかし、私は、個人的事情を最優先させて忠告を受け流し「星ケ丘」に転勤した。

その年に定年退職した人と転勤した人の後任として着任したのは、私とマツリさんの二人だった。

マツリさんは私より七、八歳年長のヴェテランでいかにも仕事のできそうなサバサバした印象の人だった。「星ケ丘」は十数人の小所帯だった。

ずっと五十人から七十人ほどの規模で一日中騒々しく働いてきた私にとっては、何もかもがこぢんまりとしていてとても静か。どこにいても自分の息づかいが聞こえるほどだった。

これまでとはあまりに違う雰囲気に戸惑い、場違いな違和感を覚えて、はじめは落ち着かなかった。

ちいさな咳ひとつしても、周囲にさざなみのように伝播してしんとした空気を破る。すると騒音のもとを探す素早い視線がどこからともなく飛んでくる。ぴくりとする。咳ひとつするにも余分な神経を遣わなければならないなんて、ほんとに肩が凝る。私のような小心者はそれだけでけっこう気疲れしてしまう。

座席は初めから決まっていて、マツリさんは奥の中央の管理職のそばの退職した人の席、私は二つある出入口の北側のすぐ横にある転出した人の席を指定された。

いやあ、音に聞こえた「星ケ丘」のカムサビ女王に初対面の挨拶をした時は正直緊張しまくった……。

けれども、女王は穏やかで優しい笑みを湛えて言った。

「ショウコさんて言うの。これからよろしくね」

すらりとした細身の長身に安物には見えない黒っぽいシックなツーピースを着て、頭髪はショートカット、面長の整った顔に金縁眼鏡をかけていて、宝塚歌劇の男役のように美しかった。二年後に定年を迎える五十八歳にはとても見えない。こりゃうわさとはだいぶん違う。この印象のよさはどうだ。他人のうわさというものはとかく無責任なもの。やっぱり当てにはならないな、実際に会ってみないと……。なーんて。

ほんと、私は単純バカ。それにしてもカムサビ女王はすごい。マツリさんだってその時はカムサビ女王の魅力的な破顔一笑にすっかり取り込まれたんだから……。

カムサビ女王は仕事師だった。

「星ケ丘」のメンバーは誰もがよく働いていたが、女王は格別だった。とにかくじっとしていない。常に動いている。

まるで止まると倒れてしまう独楽か何かのように動きまわっている。座席に座って一息入れている姿なんか見たことがない。あんなに動いたら私などへとへとになるだろうに……。

カムサビ女王は、私などには理解できない内発動機に突き動かされているのだろうか。それにしてもかなわない。

しかし、まあ、ちょっと、皮肉な見方をすると、女王にとって、動くことは呼吸のように不可欠なもので、動くこと自体が目的化して動くために動いているようにも見える。

これって、女王の個性とか性格とも言い換えられるのでは。

カムサビ女王との関係は至極良好な滑り出しだった。

マツリさんも私も、ほっとして緊張しっぱなしだった気持ちもだんだん落ち着いてきて「星ケ丘」での自分たちなりの仕事のペースもつかみはじめていた。

そのうち、新入りのマツリさんと私はときどきカムサビ女王に誘われるようになった。

たいていは土曜日の午後。午前中で仕事が終わって昼食をとっていると女王が傍に寄ってくる。

っとる」

「ショウコさん、今日帰りにちょっと相談があるから。駅前の「サントス」で二時に待

こちらの都合などはじめから聞く耳持たぬ有無を言わせぬ口調である。こういうところはあっぱれさすが女王である。マツリさんも同じことを言われているので、帰りに二人で駅前の喫茶店「サントス」に五分前に着く。

女王はすでに着いている。こんな場合、ちょっと打ちのめされた気分になるものだが、私はちょっとどころかけっこうな負荷になる。マツリさんはどうか知らないけれども。

それなら約束の十分前に着けばよい、というのは理屈だけれど。もしそうしたら、女王は十二分前に着きそうでやはり怖い。ことばではうまく表現できないけれど、そういう雰囲気を女王には感じてしまう。

相談があると言われて予定を変更したり、時間を割いたりして駆けつけても、いつも何てことはない。三人でコーヒーを飲むだけ。世間話はほとんどしない。

マツリさんと私が一方的に「星ケ丘」の日々の感想を訊かれる。まず、マツリさんがそつのない感想を述べる。つづいて私が以下同文。

女王は、美しい顔に満足げな薄い笑みを浮かべると、おもむろに横の席に置いている

紙袋を開いて包装紙を外した裸の菓子箱を取り出してテーブルに置く。半紙を二枚広げて菓子を等分に分けると私とマツリさんの前に押しやる。

「余りもんだけど、よかったら食べて……」

カムサビ女王は浄土真宗のお寺の奥さんである。浄土真宗には縁のない在家の出であるが、副住職と職場結婚してお寺に入り、仕事をしながら自身も僧侶の資格を取ったそうである。さすがカムサビ女王、えらい！　やっぱり努力家である。

そんな女王と、喫茶店でマツリさんと二人でチーンと向き合っていると、取り立てて話題もないし、気は抜けないし。一方的に訊かれることに応えるだけでちっとも愉しくない。お下がりのありがたい饅頭なんぞ欲しくもないし……。

はやくワリカンを済ませて「サントス」を出たいとそればっかりねがっていた。

前にも言ったように、私が「星ケ丘」に転勤した一番の理由は残業をせずに定時に帰宅できるということ。

「星ケ丘」に残業がないのはほんとうだった。勤務時間が終わると真っ先にカムサビ女王が帰宅する。

三十分も経たないうちに管理職一人を残してみんなものの見事に居なくなる。

そのかわり、勤務時間中、少なくとも事務室で執務中は誰もかれもが脇目も振らずに仕事をする。

私語なんぞとんでもないという雰囲気。

しかしまあ、お互い人間様！　ときには、仕事をするフリをしている人も……。

それに各メンバーがそれぞれの持ち場に行ってしまえば、そこでどのように仕事をしているのかまではわからない。

カムサビ女王が事務室に居るとそれがたとえ休憩時間であろうと室内は水を打ったように鎮まりかえっていて、誰もが席に着いて何かしらしている。ホントに不思議。

女王が自分の持ち場へ出ていくと、部屋の空気が一変する。みんな一斉にふうっと力を抜いてリラックスムードになり、ごく当たり前の風通しのよい雰囲気になる。


「星ケ丘」での勤務年数が一番長いし、一番年長ではあるが、管理職でもなんでもないカムサビ女王がなぜこのようにメンバーの雰囲気を支配しているのだろう。

うわさには聞いていたが、実際に体験するまではこれほどとは思い至らなかった。きっとマツリさんも同じ思いだろう。

かわりに管理職の影の薄さといったらもう……。

カムサビ女王の操り人形になって踊っていれば手間も労力も省けるうえに波風立たずで、それが手っ取り早い管理職としての管理と運営手腕の評価につながるとでも考えているのだろうか。

女王の主張することは何でもごもっとも、ごもっとも。

管理職手当とは、自分の意思を抑えつづけ、女王に睨まれた部下を見殺しにしてでも保身を図るためのご苦労さま料とでも？

普通に、善良で、真面目で勤勉であった人だろうに……。

カムサビ女王の君臨するこの異様な「星ケ丘」の現実のなかでは、管理職も、人間の当たり前の弱い姿を正直に曝している……。

あれは九月頃だったと思う。まだ半袖を着ていたから……。

二階の持ち場で仕事をしているうちに必要なものに気づいて急いで一階の事務室に取りに降りた。

事務室の戸を開けようと手を伸ばしたとき、しんと静かな廊下に激しくなじる声が聞こえてきた。

「怠け者！　何遍言うたらわかるねん。それが差別や言うとるんじゃ。アホタレ！　何年ここにいるんじゃアホンダラ！　さっさと「星ケ丘」から出ていけ！」

カムサビ女王の声だった。私は足がすくんだ。

戸を開けることができずに戸口の壁に寄りかかったまま様子を窺った。

その後に反論するらしい低い声がつづいた。どうやらタミヨさんらしい。

事務室にいるのは女王とタミヨさんの二人だけなのだろう。管理職はきっとどこかへ消えているに違いない。

仕事中だし、必要なものを取ってこなくちゃならないので仕方なく事務室に入ると、三メートルほど離れたそれぞれの席の横に向き合うようにして女王とタミヨさんが立っている。私に気づくと二人は黙って座った。

案の定、管理職はいない。

急いで二階の仕事場へ駆けもどる私の耳元でカムサビ女王の罵詈《ばり》が鳴り響きつづけた。

初めて見たカムサビ女王の一面は背筋がぞくっとするほど怖かった。

事務室の私の席の隣は、ヨッサンこと村田芳雄さんである。五十の半ばで高血圧を気にして降圧剤を飲みながら甘いもの好き。でっぷりと太り、良質のスーツを着て高価な眼鏡をかけている堂々たる押し出しのどこかの重役さんを連想させる雰囲気である。しかし、ヨッサンは私たちと同じ仕事をしている。年下のあまり風采の上がらぬ管理職の下で、今と同じ仕事をしながら無事に定年を迎えるのだろう。

ヨッサンなどと年下の私が気安く呼ぶのはあくまで他のメンバーと同じく陰でのこと。当たり前だけれども、ヨッサンや他のメンバーの前ではきちんとムラタさんと言う。会議などの公の席以外はたいていヨッサンと呼んでいるのはカムサビ女王だけである。隣の席であるけれども、ヨッサンとはそれまでちょっとした挨拶ぐらいで話らしい話はほとんどしたことがなかった。

休憩時間になるとヨッサンはすぐ本を読む。たいていは月刊誌だが単行本のときもある。横から見ているので内容までは見当がつかないが、小説の類でないことは確か。まあ、ヨッサンの雰囲気に小説は似合わない。ヨッサンは事務室ではほとんど喋らない。

「星ケ丘」では休憩時間でも必要なこと以外は誰もほとんど喋らないからヨッサンが特別無口というわけではないが、ヨッサンは、喋ったほうがよい時でも喋らない。自発的な発言は皆無。指名されるとどもりどもり、

「いやあ、別に……、皆さんと同じで特別には……」の一点張り。

しかし、ヨッサンが会議にきちんと参加して内容に耳を傾けているらしいのは、横で見ていてわかる。

ヨッサンは耳に馴染まないことや耳に逆らうことは左の耳から右の耳へ聞き流しながら、自分の考えを組み立てている。

ヨッサンは管理職からもカムサビ女王からも他のメンバーからも何となく軽く扱われている。

まあしかし、管理職から見下されようが、仲間から軽視されようが、女王のように支配的に君臨しようが、私たちは同じ職種で仕事をしている。

能力を疑われるような仕事ぶりでないかぎり、給料に差があるわけでもない。働いた時間と年数に応じて平等に対価は支払われる。

それまでは、ヨッサン風の生き方、内心では軽蔑していたのだが、「星ケ丘」にきて真横でヨッサンを見つづけているうちに、少し考えが変わってきた。

ひょっとしてヨッサンは処世の達人ではないか……と。

こんな考えを抱くようになるなんぞ、やはり私もしっかり端境期を迎えているのかもしれない……。

ヨッサンは仕事は速いし、間違わない。余計なことを言わないから傍にいても邪魔にならない。

目立たないから目の敵になることは滅多にない。嫌な役割が回ってくることも少ない。

雨や嵐や矢や鉄砲もヨッサンがちょっと首をすくめれば、たいていは頭の上を通り過ぎていく。

ヨッサンは百も合点、千も承知で、このような在り様を選択しているのではないか。

こう考えると、ヨッサンて相当の曲者……。

うわさによると、ヨッサンは山手のエエトコに相当広い土地付きの家を三軒も持っているとか。

自宅の他に母親が独りで住んでいる自分の実家と、奥さんの母親が独りで住んでいる奥さんの実家と。ヨッサンも奥さんも一人っ子だそうだから、いずれヨッサンと奥さんのものになるという話。

こんなことはまあどうでもいい話だけれども……。

せっかく隣同士の席なんだから、ヨッサンとすこし喋ってみたい気になるのだが「星ケ丘」では無理。怖い怖い。

カムサビ女王とタミヨさんの例の件を立ち聞きしてからしばらくしてヨッサンと二人で出張することになった。

出張といっても電車に乗っての日帰りだったが……。

一緒に昼食をして、「星ケ丘」のメンバーがいないところでヨッサンと喋ったのはこの時が初めて。

ホント驚いた。ヨッサンてちっとも無口じゃない。それどころかかなりのお喋り。

「星ケ丘」でのヨッサンは完全に擬態だった。

昼食時だけでは喋り足りなくて、帰りに喫茶店でコーヒーを飲みながらまた喋った。

その時にヨッサンがケーキを注文したのでわかったのだけど、お酒は一滴も飲めないが甘いものなら何でも来いで、とくにケーキには目がない無類の甘党だった。

普段ケーキ類はほとんど食べない私が、この時には珍しくケーキのお相伴をした。

偶然立ち聞きしたカムサビ女王とタミヨさんの件を喋ったのがきっかけで、ヨッサンは私が知らなかった「星ケ丘」やカムサビ女王のことをいろいろ喋りだした。

どうしてヨッサンが私に喋る気になったのかはわからないが、この時、ヨッサンの本心が垣間見えた気がした。

思った通りだった。

ヨッサンはできるだけ何もしないで済ませられるように心掛けていた。

その理由をつぎのように語った。

「星ケ丘」に転任した初めのうちは以前の職場と同じようにやっていた。するとだんだんカムサビ女王に会議の席上で文句を言われ面罵されるようになった。

「あんた、怠けている。それは差別的なやり方だ。もっときちんと「星ケ丘」について勉強しろ。それがイヤならここからさっさと出て行け！」などなどと。

五十面さげて身に覚えのない言いがかりをつけられ、メンバーの前で罵倒される。

あまりの没義道《もぎどう》ぶりにヨッサンが反論しても管理職はもちろんのこと、メンバーの誰ひとりヨッサンの意を汲む発言をしてくれない。無言で下を向いたまま素知らぬ様子である。

定年まで「星ケ丘」に居ようと決めて転勤してきたヨッサンは孤立無援のなかで心を固めた。

郷に入っては郷に従えだ。

カムサビ女王には、ごもっともごもっともと、頭を垂れて巻かれよう。何事も見ざる、聞かざる、言わざるでいこう。

それが「星ケ丘」で無事でいられるコツだと……。

悟ったらコロッと変身して徹底できるところが村田芳雄さんつまりヨッサンのヨッサンたるところである。

いくらなんでもそうそうコロッと掌返してごもっともと女王の軍門に降れるものなのだろうか。

しかしまあ、それができたヨッサンもヨッサンだが、女王はホントにすごい。

ヨッサンから聞いたことをマツリさんには話さなかった。臆病者の私は話すのが何だか怖かったし、それにマツリさんはヨッサンとは違うという思いが強かったからである。

ヨッサンの話によると、その年はタミヨさんが女王の標的になっているという。

だからメンバーはみな自分に火の粉が降りかからないように見て見ぬふりをしているのだ……と。

女王から「怠け者」「差別者」「アホタレ」と罵られているタミヨさんだが、どう見ても怠け者でも差別者でもないし、アホタレなんかではもちろんない。

よく仕事のできる人である。

国立女子大の数学科出身だそうであるが、学歴はともかくきちんとものが言える人であるから、そうたやすくは女王の軍門に降らない。

降らないから女王を刺激してますます女王の目の敵になっていくということなのか。

まあしかし、「星ケ丘」で何かものを言うことは孤立無援を覚悟しなければならないし、すごくエネルギーが要ることなのに、タミヨさんはそうしている。ヨッサンとは大違いである。

タミヨさんのあのエネルギーはどこから湧いてくるのだろう。プライドなんて安っぽいことばでは表現しきれない何かがタミヨさんを支えている。

カムサビ女王がいくら時流に乗った外部の活動組織の一端に属しているとはいえ、「星ケ丘」でどうしてこれほど意のままに振舞えるのか、はじめは不思議だった。しかしそのうち少しずつ解ってきた。

女王は属している組織で学習したことを、ごく教条的に理解しているふうで、内心にあまり矛盾や自家撞着が生じないらしく、学習した教条を、錦《ニシキ》の御旗《ミハタ》のように職場に持ちこんでくる。

ニシキノミハタは、正義の冠を着けてキラキラと輝いて美しい。

カムサビ女王がそれを高々と掲げれば、誰もその美しさを否定できないし、否定しようとは思わない。本当に美しいんだから……。

けれども……、残念ながらというべきか？　何というべきなのか？

人間は完全ではない。人はみな誰でも不完全で矛盾に満ちた存在である。

カムサビ女王が掲げるニシキノミハタにふさわしい存在になるなんてことは至難の業、できはしない。

それに何より女王自身が、自分が高く掲げているそのニシキノミハタそのものからももっとも遠い存在に見えている。それに比べると「星ケ丘」のメンバー達のほうがまだそうできたらと努力しようとしている。

カムサビ女王は、まるで手旗信号のように上下左右自在にニシキノミハタを振り回す。メンバー達はミハタが直に当たらないように注意深く避ける。避けられてばかりでメンバー達が無事であると女王の腹の虫が治まらなくなる。

標的を定めてわざと自分のほうから当てにいく。

当てられたメンバーはたまらない。完全無欠の神様のようになることを要求されるのだから……。

そんなの誰もなれっこない。

なぜなれない、なぜ努力しないと責め立てられ、面罵され、罵詈雑言を浴びせられる。

ヨッサンの話によると、それがその年はタミヨさんであるという。

反権力に見せかけているけれども、カムサビ女王は芯から権力志向の支配体質である。

管理職への対し方を見ているとよくわかる。

恫喝《どうかつ》とまでは言わないまでも、自分の立場を有利にしながら、一応は管理職の名分も立てて常に体制と共存共栄を図っている。そのためには気に食わないメンバーを血祭りの犠牲《いけにえ》にすることなんぞヘッチャラのチャラ。

タミヨさんがニシキノミハタにかこつけていたぶられても誰ひとり文句を言わない。異議申し立てなんぞしたら火の粉がたちまち降りかかり自分の身が危険に曝される。

タミヨさんが気の毒だと内心では思うけれども、そのお蔭で自分は安全地帯にいられる。

ヨッサンの言うことが事実なら、タミヨさんが「星ケ丘」を出ていけば、つぎは誰がカムサビ女王の標的にされるのだろう。ぞっとする。

さしあたっては、私とマツリさんが一番新しいメンバーなのだが、今のところは無事にというかむしろ良好な関係が保たれているが……。

そろそろ一年目が終わろうとする二月半ばの寒い日だった。他のメンバー達はそれぞれの持ち場に出かけているし、管理職は出張で留守だった。

事務室にはカムサビ女王と私の二人だけだった。

女王と二人だけの事務室は息苦しくて、せっかくの休憩時間なのに私は一息入れることもできずに息を潜めるようにして、別に急ぎでもない事務処理をしていた。

カムサビ女王には熱心に仕事をしているように見えたかもしれない。

「星ケ丘」では机の上に本立てを置いたり書類を積んだりすることができない。普通は仕事がしやすいように邪魔にならない程度に書類を積んだり並べたりするのだが、「星ケ丘」では女王の提案で禁止されている。

それぞれのメンバーの席からの視界を遮るというのが理由である。

私達の仕事はけっこう多くの書類を処理しなくちゃならないから資料を机の上に積めないのはとても不便。パソコンやプリンターやコピー機を行き来しながら、いちいち机の中やロッカーにしまってまた取り出さなければならないのは面倒くさいが、女王の威令は隅々までいきわたっている。

私と女王の席は対角線で四メートルぐらい離れているのだが、遮るものがないから丸見えである。

俯いて仕事をしている私に女王は突然言った。

「ショウコさん、あんた、よう仕事するな」

「はいっ」

私は目を上げて女王を見た。

「そんなに熱心にすることないよ。やらなあかんことだけしといたらええねん。枯れ木に水をやるようなバカなことなんぼしても意味ないよ」

そう言うとカムサビ女王は薄く嗤った。

私は無言で頷いてまた書類に向かったが、頭のなかは混乱していた。

日頃の「星ケ丘」での女王の言動のどこを推しても絶対に出てくるはずがないことばだった。

女王の真意がわからなかった。

いくら私が日頃から女王に恭順の意を表しているとはいえ女王の口からあんなことばが飛び出すとは……。

よほど私は警戒されない存在なのか。

ほんのちょっと蹴とばせばすっ飛ぶワンコロのような軽さなのか？

いやいや、もしかして餌を投げて何かを試そうとしているのだろうか？　などと疑心暗鬼になって、何とも釈然としない気色の悪さだった。

私達の仕事は端的にいって人間が相手である。

日々、生身の人間の千差万別の個性と付き合わねばならない。好き嫌いもあるし、相性もある。しかしそれを仕事にして報酬を得ている。

どんな対象にだって、自分にとっても相手にとっても、いい仕事をしたいとねがうのが仕事人というもの。

いい仕事をしていてもタミヨさんのようにカムサビ女王に叩かれまくる「星ケ丘」ではなおのこと、メンバーは気を張って頑張っているというのに……。

四月になってタミヨさんともう一人が転勤した。

後任として新しい二人が「星ケ丘」にやってきた。

柿沼一郎と吉富エリである。

二人とも三十代の半ばを過ぎたばかりだったので「星ケ丘」のメンバーの平均年齢を

少し押し下げた。

柿沼一郎はカムサビ女王と同じ活動組織に属している。

彼が「星ケ丘」にやってきたことで女王の威力はますます勢いを得そうであるが、女王は年度末に定年を迎える。

柿沼一郎と組んで「星ケ丘」での最後の一年間にどのような掉尾《とうび》の一振を見せるのか、想像するだけで背筋の辺りが疼いた。

吉富エリについてはハワイ大学出身で英語が堪能ということくらいしかわからなかった。おとなしいお嬢さんっぽい印象だった。


何かやるんじゃないかと予想した通り、四月そうそうの年間計画会議の席上で、カムサビ女王はあっと驚く提案をした。

五月から毎日一時間メンバー全員が自発的に残業しようというもの。

理由は以下のようなものだった。

私達の仕事は人間相手なのだからやればやるほど効果がある。勤務時間中だけではやり残したこともあるはず。よりいっそう仕事の質を向上させるためにも毎日一時間程度の自発的残業は当然である。そのうえで、週に一度、処理の難しい個別のケースについて検討しようではないかと。

女王の提案の内容の空疎なことにまず驚いた。具体的な活動内容が何も示されていない。中味不明では賛否を問われても応えようがない。それに実効がないことは誰にもわかっている。

しかし、美しい建前を掲げられてメンバー達は下を向いたまま黙っている。

私はカムサビ女王の真意を量りかねていた。

「枯れ木に水をやるような徒労な愚をするな」と、私に忠告？　した同じ紅い唇が、そのとき「星ケ丘」のメンバーに向かって叫んでいる……、

「枯れ木にもしっかり水をやろう！　枯れ木に見えても枯れ木などは一本もない。水をやればやるほど枯れ木は勢いを得て生命の緑をとり戻す。そして、やがては花や実をつけるのだ」……と。

会議が建前で踊るのは常だとしても、今回のカムサビ女王の提案は建前の裏の意図があまりにあからさまである。

女王はメンバーを一時間余計に職場に縛りつけたいだけなのである。週一回のカンフ

アレンスは、メンバーの誰かを犠牲の羊にしたいだけ……。

意図は明白でも、美しい建前を前にして、メンバー達は、頭を垂れてただ黙すしかない。それを見越したうえでの提案なのだから……。いやはやあっぱれ！

カムサビ女王は、勝ち誇ったようにメンバーを見回しながら結論づけるように管理職に向かって宣言した。

「格別の反対もないようですからこの件は原案賛成でいいですか？」

「いいですね」と言わずに「いいですか？」と管理職に問うところが、さすがあっぱれ女王の曲者ぶりである。

事前に根回ししていても、勤務に関することは管理職の専決事項であるから管理職に委ねたカタチにする。

「結構ですよ。こちらとしても皆さんの建設的で自発的な申し出に反対する理由なぞありませんからね」

痛くも痒くもない管理職は鷹揚に肯く。

こうしてメンバー達の無意味な労働強化が、女王の思惑通りにシャンシャンと目出度く落着しようとしたその時だった。

マツリさんが挙手して立ち上がると口を開いた。

「ちょっと待ってください。一年間を通じてのことですから、もう少し内容について検討してみてはいかがでしょう」

「意見があるんならもっと早う言わんかい。他に誰か意見のある人はいませんか？」

女王が口を歪めた。

柿沼一郎が立ち上がり、カムサビ女王が掲げる美しい教条を口を尽くして誉めると、全面的に協力するべきだと力説した。女王の顔に笑みが戻った。

「他に意見はありませんか」

余裕たっぷりに言ったが、誰も発言しない。凍ったような静寂だけが支配している。

「それじゃ吉富エリさん、新任そうそうで「星ケ丘」のことはまだわからないと思うけど、何か意見があったら……」

吉富エリはのろのろと立ち上がり二、三度ちいさく空咳をしてから口を開いた。

「原案に賛成です。頑張りたいと思います」

「マツリさん、あんたの意見は？」

女王は満面に笑みを浮かべて訊いた。

マツリさんが立ち上がった。

「私には提案の内容がまだよく理解できません。毎日一時間残業する内容のことですが……」

「何がわからんのじゃ。みんなと一緒に研究するのがイヤなんか」

女王の顔色が変わった。

「そういうわけではありませんが……」

つづけようとするマツリさんを無視して女王は言った。

「それでは採決します。原案に賛成の人は挙手してください」

マツリさんだけが手を挙げなかった。

臆病者の私は内心忸怩《じくじ》たる思いを抱きながらもやはりみんなと同じように手を挙げた。

どうしてこうなるのだろう。女王はホントに怖ろしい。

会議が終わると女王はずかずかとマツリさんの席に近寄りドスの利いた低いガラガラ声でマツリさんを一刺しした。

「ナマケモノ！」

マツリさんは顔を上げて女王をちらりと見たが何も言わなかった。一瞬、ピンと張った細い強い糸がキューンとしごかれたような空気が流れた。

私は自分の席で首をすくめて隣の席のヨッサンを見た。

ヨッサンはもういつものように雑誌に目を落としている。ヨッサンはさすがだ。打ちのめされた私は疲労の底にどうっと沈んだ。ホント、私は中途半端な意気地なし……。

この会議の後、その年のカムサビ女王の標的はマツリさんに決まったようなものだった。

提案に賛成ではなくとも決まったことに従うのは集団のルールである。

マツリさんも他のメンバーと同様に毎日一時間黙々と自発的残業に参加した。

しかし、残業するとはいうものの、何をどうするか決まっていないから、内容は各自メンバー任せになる。

こうなると内実よりもまずは見せかけ、どこの席から見られてもともかく熱心そうに見えればいいってこと。

ホント馬鹿げている。

ある時、マツリさんが本を一冊開いて読んでいた。

それに目敏く気づいた女王はさっそく声を上げた。

「マツリさん、何を読んでいるの？」

「ああこれですか、仕事関係の本ですけど……」

「ふーん」

女王は立ち上がるとマツリさんの席にやってきた。

「ちょっと見せて」

マツリさんの机から読みかけの本を取り上げるとパラパラとページをめくった。

「これが何で仕事の本やねん。関係あらへんが」

「そうですか？　私には勉強になる本に思えるのですが」

「勉強は家でするもんじゃ。本は家で読んだらええんや。ここは仕事をするとこじゃ」

そう言うとマツリさんの耳元で一言吐き捨てた。

「ナマケモノ！」

マツリさんが何を読んでいるのか知っている私は、もうどきどきして平静さを失いそうになった。

マツリさんの内心の怒りが私に乗り移った……。

マツリさんが読んでいた本はまさに私達の仕事に密接した研究書であるが、ちょっと専門的なのでタイトルを見ただけでは、直接に関係があるようには見えないかもしれない。それをカムサビ女王が知らないはずはない。残業中の事務室で専門書を読んでいるマツリさんが生意気だと赦せなくなったのだろう。

女王のトンデモナイ横車に対して、黙って引き下がるマツリさんが歯がゆくてせめて一矢なりと報いてほしかった。

臆病者の私には金輪際できないことなのに……。

マツリさんには期待してしまう……。

結局、私もヨッサンと同類ということか。右へ倣えの同じ穴のムジナなのかと、自己嫌悪に陥った。

しかし、ここは「星ケ丘」である。

カムサビ女王がルールなんだから、たとえ仕事関係の本だとしても、ちょっと調べるくらいならともかく、自主的残業中であるにしても、職場で通読したりする勇気は誰にもないだろう。それを堂々と実行しているマツリさんは私なんぞとは一味も二味も違う。

女王はコトあるごとにマツリさんを罵倒するのだがその罵りことばは決まって「ナマケモノ！」である。

転勤したタミヨさんやかつてヨッサンが浴びせられたような「アホタレ」「あほんだら」とか「差別者」といったことばはマツリさんにはまだ一度も吐いたことがない。女王のことだからいたぶる標的に対して「ナマケモノ！」だけではいかにも生ぬるい。もっと強烈な罵言を浴びせたいに違いない。そのうちマツリさんにとんでもないボディブロウが見舞われるのではないかと背筋が冷たくなる。

「星ケ丘」にいると私のような小心者は何かよからぬことが起こりはしないかとびくびくしどおしで、ホントに怖い。

人間ってどうしようもなく弱い。だから群れて不安を和らげようとするのだろう。

「星ケ丘」では到底独りでは生きられない。

カムサビ女王のことをほんとは何も知らなかったように、マツリさんについても何も知らなかった。

一年前「星ケ丘」へ一緒に転勤してくるまで名前も知らなかったんだから当たり前だけれども。それでも「星ケ丘」にきてからは親しくしているほうだと思っていた。が、プライベートな話はほとんどしたことがなかった。

あれはいつだったたか。残業が終わって帰りにちょっと飲もうという話になり、駅前の居酒屋で初めて二人でビールを飲んだ。

一昔前だったら夕暮れどきに中年女が二人で飲んでいるなんぞ、ワケあり気だったかもしれないが、今では何てことはない光景である。それだけ女性が社会へ進出して男性と同じストレスに曝されているということなのかも……。

飲むほどにカムサビ女王が話題になった。

いろんなことが鬱積《うっせき》していたが、マツリさんは女王の標的になっていて理不尽な仕打ちをされつづけているからなおのこと。アルコールの勢いを借りて二人で思いっきり女王の棚卸しをやってちょっとばかり溜飲を下げた。

その時に、マツリさんから思いがけない話を聞いた。

もう何年になるだろうか。記憶している人もまだ多いだろう。私達と同じ仕事をしていた男性が特急電車に飛び込んで自殺した事件である。名前は伏せられていたが新聞にも出たから当時うわさがいろいろと耳に入ってきた。

その自殺した人がマツリさんと高校で同級生だった。それにその人の奥さんもそうだったという。

ご主人が亡くなってからは音大のピアノ科出身の奥さんがピアノ教室を開いて二人の娘さんを育てているという。

マツリさんが言っていた。

もし彼がカムサビ女王と同じ職場でなかったらたぶん自殺などしていない。彼の不運はカムサビ女王と出会ったこと。

過敏で自我が少しひ弱であったにしてもノイローゼになって自殺したのはカムサビ女王の所為である……。

カムサビ女王を中心とするグループが、彼の繊細で芸術的な感性や誠実さを偏狭な教条主義で踏みにじりいたぶって、彼をカオスに突き落とした……と。マツリさんは断言した。

そういえば、あの事件があった頃に、カムサビ女王と自殺した彼が属していた職場では何人かが同時に退職したといううわさも聞こえてきた。

その翌年に女王は「星ケ丘」にやってきた。

マツリさんの話を聞いて、マツリさんがなぜ「星ケ丘」に転勤してきたのかわかる気がした。私のような個人的な理由だけでは決してない。


五月から始まった毎日一時間の自発的残業は苦痛だった。全方位から丸見えの机にしがみついているだけで、したいことができるわけではない。はっきり言って、意味のない時間をメンバー達に強制するカムサビ女王はあっぱれなサディストだった。

馬鹿馬鹿しいと思いながらも女王に怖れおののいて、何の抵抗もしないで言いなりになっている「星ケ丘」のメンバー達は、いかにも意気地なしに見えるかもしれない。

しかし、誰もこのような私達を責めることはできないのではないか。

人間はみな弱いものだし、自分が一番可愛い。

だから長いものには巻かれて自分を護りながら生き延びる。これが浮世というものさ……と、したり顔して……。

私もだんだんヨッサンのようになってくる。

六月頃だった。朝の打ち合わせで女王は突然言った。

「マツリさんに訊きたいことがある。それで今日の残業はマツリさんへの質問ということにします。皆さんも考えておいてください」

そして付け足した。

「マツリさん、あんた、帰ったりしたらあかんで」

カムサビ女王のその含んだ言い方にはぞっとする冷たさが溢れている。

その日の自主的残業はいつもよりもっと嫌だと直感させたが誰も黙ったままだった。


仕事が終わって事務室に集まったメンバー達に女王が口を開いた。

「今からマツリさんに質問します。皆さんも意見があったらどんどん言ってもらってけっこうです」

管理職はどこかへ行って姿が見えない。

自発的な残業なんだから管理職がいなくても別に何てことはないが、この時の管理職の不在は何となく不自然だった。

「マツリさん、あんた、仕事するときに椅子に座ったままでしとるそうやな」

マツリさんは驚いたように目を上げた。

「何のことですか？」

「いっつも座ったまま仕事しとるんかと訊いとるんじゃ」

「仕事は立ったまましてますよ」

「うそつき！　あんたが椅子に座ったまましとるんをみんな見とるんじゃ」

私は呆れてしまった。

何というイチャモンの付け方だろう。

カムサビ女王自身が仕事場ではたいてい座ったままではないか。他のメンバーだって座ったままですることもある。

しかし、マツリさんが仕事場で椅子に座って仕事をしているのはまず見たことがない。いつも元気そうに立って仕事をしているというのに……。

「みんなって誰ですか？　私は座って仕事はしない主義ですけど……」

マツリさんは反論した。

「うそを吐くな、ちゃんと目撃した証人がいるんじゃ」

「目撃した人って誰ですか」

マツリさんはきっとなった。

「吉富エリさんや。彼女が昨日はっきり見たんじゃ。なんならここで直接彼女に訊いてみよか」

女王はエリに視線を向けた。

「エリさん、あんたが昨日見たことをここで言うて」

吉富エリは、のろのろと立ち上がると空咳を二、三度した。それから白い顔をあらぬ方に向けたままではっきりと言った。

「昨日、マツリさんはずっと椅子に座ったままでした」

憶えのない濡れ衣がぺったりとマツリさんの身体に張りついた。

「それ見てみ、エリさんがはっきり見たと言うてるだろ。うそ吐いたらあかんがな。謝ってもらおか」

「事実ではありませんから謝る必要はないと思います」

「ほな訊くけどな、あんた「星ケ丘」にきてから二年になるやろ。その間に椅子に座って仕事したことは一遍もないと断言できるんやな」

「そうは言っていません。そりゃ身体の調子が悪い時にはちょっと座ったこともあります。それと、今回のこととはニュアンスが違うのでは……」

「何がニュアンスが違うじゃ。やっぱり座って仕事しとるがな。うそつき！」

「もともと私は椅子に座って仕事はしません。それに昨日は仕事中に椅子に座ったりなんぞ断じてしていません。エリさん、あなた、いつどこで見たんですか」

「どこでもえぇがな。それにあんた、椅子に座ったことがあると今認めたやないか。うそつき！　ナマケモノ！　謝ってもらおか」

「誰に謝るのですか？　謝る必要はありません」

誰もがやっていることを、やってもいないマツリさんだけが、なぜ謝らなければならないのか。

あまりにあほらしいこじつけの屁理屈だったがメンバーは誰も下を向いたまま黙っている。私も……。

「はよ謝らんかいな」

「謝りません」

「なんでや」

「必要ないからです」

押し問答をしているうちに、マツリさんが、

「みんな座ってるじゃないですか。カムサビ女王さん、あなたが一番座ったままですよ」

と、今にも言い出すのではないかと私はどきどきしていたが、マツリさんは無言で着席した。

気が付くといつの間にか管理職が戻っている。

透明人間みたいに場の空気を刺激しないで動く人である。

管理職はちらっと女王に視線をやると立ち上がり、いつものように建前をしゃらんと言った。

「仕事をする時は立ってするのが原則ですからマツリさんもそうしてください。皆さんもできるだけそのように努力してください」

馬鹿馬鹿しい一件はこうして落着したように見えたが、これが本格的なマツリさん虐めの始まりだった。

女王は、コトあるたびにマツリさんに、「うそつき」「ナマケモノ！」と、浴びせるよ

うになった。怠け者に嘘つきが加わって罵詈《ばり》は二種類になったというわけ。

それからというもの、自発的残業はほぼ一週間に一度、マツリさん虐めの会合になった。

まず、マツリさんの仕事ぶりにイチャモンをつける。

目撃者はたいてい吉富エリ。

エリの証言によって女王が「うそつき」とか「怠け者」とか「差別者」とか言って断罪する。

柿沼一郎と吉富エリが同調する。

他のメンバーは俯いたまま一言も発しない。もちろん私も下を向いたまま……。

意見など求められたらどうしよう……と、戦々恐々。頭が痺れそうになる。

マツリさん虐めは毎回同じパターンで繰り返された。

吉富エリが目撃者になってコトを捏造する。それをネタに女王がマツリさんを糾弾する。マツリさんが否定する。女王が嘘つきと罵り、怠け者、差別者と烙印を押して「星ケ丘」から出て行けとトドメを刺す。

事実ではないことを承知しているはずの管理職も、他のメンバー達も誰ひとりマツリさんの濡れ衣をはがそうとしないばかりか管理職にいたっては、孤立無援に放り出しているマツリさんに向かって、指弾されるような目に遭う側にも問題があるというような言い方さえする。

管理職にしてみれば、職場に波風が立てば管理能力を問われかねないから、御身大事なのはわかるとしても……。

部下をむざむざ見殺しにしての保身があまりに過ぎる。それもこれも、ただただカムサビ女王が怖いからである。虎の威を借るカムサビ女王の見えもしない背後の影に怯えまくっている。

かくいう私だって他人のことなど言えない。

もう、無茶苦茶……。

しかし、転機は突然にやってきた。

マツリさんが俄然反撃に転じたのである。

孤立無援、圧倒的な劣勢のなかで、文字通り窮鼠猫を噛むの謂で捨て身の戦法に出た。吉富エリを介した捏造を断固として否定し、カムサビ女王が繰りだす屁理屈にいちいち反論しながら論破した。

そのうえ驚いたことに、それまで誰ひとり、管理職さえ呼んだことのない呼び方で女王を呼んだ。

「カムサビさん……」と。

しらっとした表情で女王を見つめながら……。

その時の女王の顔は忘れられない。


カンファレンスにかこつけた週に一度のマツリさん虐めはそれからもつづいたけれども、「カムサビさん」と呼びかけて反論するマツリさんに女王は再反論しなかった。

「ナマケモノ」「うそつき」と捨てゼリフを吐いて終わりにする。

次の時に前回のマツリさんに反論するところから始めるのだが、マツリさんがまたそれに反論するといつもの捨てゼリフで終わりになる。これの繰り返し……。

そんな時、マツリさんはたいてい落ち着いているが、女王はいつも激した。

私は、少し顔を上げて二人のやり取りを聞けるようになったが、ヨッサンは相変わらず首をすくめている。

マッリさんと喋るな。何を訊かれても応えるな。傍へ寄るな。絶対に口を利くな。徹底的に無視しろ。

カムサビ女王からこんなお触れが回ってきた。

マツリさんを村八分にせよというお触れである。

一応は専門的な訓練を受けた仕事集団だというのに……。ソンナノカンケイナイの次元で、十数人しかいないと関係がここまで煮詰まる。切羽詰まった私はマツリさんに電話をした。

「いいのよ、無視してもらって……。私は平気だから心配しないで。他のメンバーからも同じような電話をもらったわ」

マツリさんは朗らかに応えた。

村八分になってもマツリさんはつらそうな顔をしない。誰も応えてくれなくても大きな声で挨拶し、連絡はすべて管理職を通しながら元気そうに仕事をしている。

そんなマツリさんの内心を察すると、意気地のない私は恥ずかしかったがやはり女王が怖い。

マツリさんもできるだけメンバー達と接触しないように心がけている風で、事務室では一言も喋らない。

無視されるのがつらそうにも、つまはじきを苦にしているようにも見えない。

自主的残業が終わると「お先に失礼します」と大きな声で挨拶してさっさと帰っていく。マツリさんはすごい。

私がマツリさんの立場ならノイローゼになりそうなのに、マツリさんが怖いような気もしてきた。

メンバーの誰にもできないことを、この「星ケ丘」で堂々とやってのけているんだから……。

その日もマツリさんは元気に出勤してきた。

誰も返事をしないのを百も承知で大きな声で挨拶して席に着く。

朝の打ち合わせが終わり、仕事場へ持っていく資料を準備するためにマツリさんが女王の机の前をよぎったその時だった。

女王が突然怒鳴った。

「ギラギラギラギラ動き回るな。目障りじゃ。年寄りなら年寄りらしく隅っこでじっとしとけ。枯れるということを知らんのか」

メンバーは一斉に目を上げた。

マツリさんを徹底的に無視しろと命じた張本人のカムサビ女王自身が、真っ先にそれを破ったのだから……。

「これは失礼いたしました」

そう言うと、マツリさんはなんと鼻歌で童謡の「どんぐりころころ」をハミングしながら自分の席に戻ったのである。

いやあ、マツリさんはすごい。

五十に手の届いたヴェテランとはいえ、来年定年を迎える女王よりはかなり若いマツリさんに向かって「年寄り」などと怒鳴った女王の剥き出しの苛立ちが、かえって、村八分の真っただ中にいるマツリさんの気持ちに余裕をもたらしたのかも……。

それからしばらくして、自発的残業の時に女王は宣言した。

「アホ（マツリさんのこと）にはなんぼ熱心に教えても、ちょっとも効果がなかった。これ以上は無駄なのでもう止めにする」

マツリさん虐めの会合はなくなり、自発的残業も居残るメンバーがだんだん減ってきてそのうち自然消滅した。

メンバー達は、マツリさんに当たり前に接するようになったが、カムサビ女王と柿沼一郎だけは、女王が定年退職するまでマツリさんにセコい嫌がらせをしつづけた。

さすがのヨッサンも呆れるばかりの執念深さだった。


新年度になり、長年実行していなかった事務室の整理や席替えをすることになった。

それまでは出ていった人の席に入ってきた人が座るのが慣例になっていたのだが、あらためて管理職以外は全員くじ引きで席を決めることになった。

偶然にも私とヨッサンはまた隣同士。

カムサビ女王の定席だった「星ケ丘」のやんごとなき座席にはマツリさんが座ることになった。

転入が一人あっただけで、それ以外は前年と変わらぬメンバーだったが、きれいになった事務室で新しい席に座るとカムサビ女王のいない「星ケ丘」はずいぶん違う雰囲気になっている。

女王の後にやってきたのは管理職予備軍の聞こえ高い真面目居士の安川誠一さんだった。


席替えをして二、三日が過ぎた朝、出勤すると事務室の机がすべてカムサビ女王がいた時の状態に戻っている。

驚いて管理職に訊いてみたが知らないという。

誰が、何の理由で、こんなことをしたのだろう?

昨日、最後に事務室を出たのは誰?

警備会社が駆けつけないで、開錠できたのはなぜ?

大きな事務机を十数人分も移動させるには、一人や二人では難しいのでは?

謎だらけだったが、管理責任者が知らないというのではどうしようもない。

急いでメンバー達で新しい席に戻した。

管理職の机は動かされていないので、管理職は座ったまま傍観している。

転勤してきたばかりの安川誠一さんは、呆れながら先頭だって手伝っている。吉富エリも手伝っている。

柿沼一郎の姿だけが見当たらない。

事務室ではもう自由に話せるようになっていたから、メンバー達は机移動の謎をいろいろと口に出して推理した。

まさかと思いながらも、誰のベクトルも同じほうを指している。

翌朝、出勤するとまた昨日と同じで、女王がいた時のように元の席に戻っている。

みんなで今の席に戻す。

次の日、また移動している。

戻す。移動している。戻す。

毎朝のこの無意味な力仕事の仕掛人が誰なのか。何度訊ねても管理職は知らないと言いつづける。

知らないはずはないのに……。

席を戻す時にいつも姿を消している柿沼一郎が何よりの証拠ではないのか。

柿沼一郎を除いた全員が管理職に詰め寄った。

「誰がやっているのか知りませんが、やるならやってもらいましょう。「星ケ丘」のメンバー全員で力を合わせて現状に復しつづけますから……」

不思議なもので、前年とうって変わってメンバー達の気持ちが一つに固まっている。

そのうち、マツリさんの机だけが出入口近くに放り出されるようなった。

誰かの強烈な意志を表すメッセージである。

みんなで元に戻す。

また放り出される。戻す。

連日、これの繰り返しのコンクラベ……。

しかし、この無意味な力仕事も終わりを告げる時がきた。

ある朝、管理職が頭を下げて言った。

「皆さんにはいろいろご迷惑をかけました。これからの「星ケ丘」は皆さんの協力なしにはやっていけません。今までのことはどうか水に流してください。これから私も新しい気持ちで頑張りたいと思います。よろしくお願いします」

まあこれで、「星ケ丘」もやっと正常化したというか、ごく当たり前の職場になったというか。

つむじ風のように渦を巻きながらうわさが流れてきた。

カムサビ女王が今度の市会議員選挙に立候補するらしい。すでに準備万端整えているらしい……と。

迷惑千万な。市会議員になって今度は外から「星ケ丘」に支配の触手を伸ばそうと画策しているのか。

立候補しても落選してくれ……などと、メンバー達は囁き合った。

それから間もなくの十月初めの朝の打ち合わせで、管理職から報告があった。

「昨日の立会演説会でカムサビさんが倒れて病院に運ばれたそうです」

誰も反応しなかった。

またしばらくして、

「検査の結果、転移性の肝臓ガンだとわかって県立病院に入院されたそうです」

誰も反応しなかった。

県立病院は「星ケ丘」とは目と鼻の先だったが、メンバーの誰ひとり見舞いに行こうとはしなかった。

柿沼一郎が行ったかどうかは知らないが、吉富エリが行かなかったのは確か。


翌年の二月半ばの寒い金曜日、朝の打ち合わせで管理職は告げた。

「今日未明にカムサビさんは亡くなられたそうです。通夜は明日土曜日午後六時から、葬式は明後日の日曜日、午前十時からです。場所はご自宅の西照寺です」

誰も反応しなかった。

通夜にも葬式にも「星ケ丘」のメンバーは誰も参列しなかった。柿沼一郎がどうしたかは知らないが、管理職は葬式には参列したらしい。

女王の最後は凄惨《せいさん》だったそうである。

あの美しい容姿は痩せこけ、頭髪は抜け落ちて、鎮痛剤が効かずに痛みに苛まれて病み衰えた顔は見る影もなかったと風の便りが聞こえてきた。

女王自身のお寺で行われた葬儀は盛大だったと管理職は伝えた。

「定年退職して一年も経たないうちに死んでしまったカムサビ女王さん、人間は関係性によってどのようにも変貌できるといいますが、「星ケ丘」で見せたあなたの顔はあまりにも異様でした。あなたが「星ケ丘」にいた間は誰もがあなたを怖がり不安でした。あなたにだっていろんな顔があったはずです。若しかして、ほんとうはメンバー達と、もっと親しくなったり尊敬されたり、愛されたりしたかったのではないですか？　それなのに、あなたは「星ケ丘」では、あのような異様な方法でしか自己表現をされませんでした。なぜ？　とは今更問いません。

カムサビ女王さん！　今はただあなたのご冥福を祈るのみです……合掌」

以後の「星ケ丘」から少し……。

あの吉富エリがマツリさんに詫びに行ったらしい。

マツリさんはカラッとして今までとちっとも変わらないのに、吉富エリは、コンコン空咳ばかりして、マツリさんに対していつもおどおど……と。ちょっと可哀そうなくらい。

それに比べて、管理職の変わり身の早さと言ったら……。コロッと掌を返してマツリさんに気を遣いまくっている。見ていて可笑しいくらい。

まあ、そうでなくては管理職は務まらないのかも。根が真面目で勤勉な人だから……。

しかし、真面目で勤勉っていうのは環境適応力もすごい。

流れが右になれば即右に、左になればすぐ左に、ささっと動けるんだから……。やっぱり管理職はすごい。ほんとに。

すごいといえばヨッサンだってすごい。

メンバー達もみんなすごい。

それになによりマツリさんが一番すごい。

いやはや、人間はすべて、すごい生命体である。


「星ケ丘」に四年勤めている間に、私の体調は何とか無事に端境期を通り過ぎて安定したようである。

長男もあれからほどなく登校するようになって無事に高校を卒業した。

親のねがう進路は、断固として拒絶したが、多少は親の気持ちも斟酌《しんしゃく》したのだろうか。

母親の私がまあまあ得心できる進路を選択して大学で学んでいる。

夫は相変わらずであるが、まあ退職するまで変わりようもないだろう。家族三人、何とか元気で過ごせればこれに越したことはない。

何もかもがさっぱりして、言ってみれば「色即是空」「空即是色」とでもいうふうな境地であろうか、なんて……。

いや、これはやっぱり冗談。そこまでは……。

まだまだ生臭い煩悩の虜《とりこ》である。

だからこのまま「星ケ丘」で定年まで勤めようかと思っている。マツリさんのようには到底なれない。ヨッサンのようにも徹しきれないが、私は私。

ショウコらしく生きていていいのでは……と思っている。

＊

クロノス（時）は「星ケ丘」のすべてを呑み込んで去った。そしてまた、どこかでの時の「星ケ丘」を吐き出しているのだろうか。

（注）・クロノス……ギリシア神話で時を擬人化した神。ローマ神話ではサトゥルヌス。

発表誌

鳳仙花《ポンソナ》　「姫路文学」一一五号　二〇〇五年五月

変　身　「姫路文学」一二一号　二〇〇九年一一月

『へべ』の遊魚　「姫路文学」一二二号　二〇一〇年一月

夜のカスパー　「姫路文学」一二四号　二〇一一年八月

秘密の花園　「姫路文学」一二五号　二〇一二年五月

冬の梟《ふくろう》　「安藝文学」八三号　二〇一四年八月

クロノスの庭　「姫路文学」一三二号　二〇一八年九月

＊本作品は、『公益財団法人姫路市文化国際交流財団助成事業』の助成金によって一部支援されています。

中島妙子（なかじま・たえこ）
詩集　『メビウスの輪』　1975年
詩集　『メトセラの村』　1985年
詩集　『陽を食む』　1995年
小説集　『空を舞う手』編集工房ノア　2011年
小説集　『花贄』編集工房ノア　2012年
エッセイ集『無象つれづれ』　2013年

2011年度　姫路文化賞（姫路文連）
2011年度　姫路市芸術文化年度賞（姫路市）

「姫路文学」編集人　「安藝文学」同人

クロノスの庭《にわ》
二〇二〇年三月二〇日発行
著　者　中島妙子
発行者　涸沢純平
発行所　株式会社編集工房ノア
〒五三一―〇〇七一
大阪市北区中津三―一七―五
電話〇六（六三七三）三六四一
FAX〇六（六三七三）三六四二
振替〇〇九四〇―七―三〇六四五七
組版　株式会社四国写研
印刷製本　亜細亜印刷株式会社

ISBN978-4-89271-323-1